오늘도 행복을
발견합니다

오늘도 행복을 발견합니다

초 판 1쇄 2023년 11월 28일

지은이 양귀란, 강윤정, 김민영, 박지혜, 이유진, 이은영, 정현호
펴낸이 류종렬

펴낸곳 미다스북스
본부장 임종익
편집장 이다경
책임진행 김가영, 박유진, 윤가희, 이예나

등록 2001년 3월 21일 제2001-000040호
주소 서울시 마포구 양화로 133 서교타워 711호
전화 02) 322-7802~3
팩스 02) 6007-1845
블로그 http://blog.naver.com/midasbooks
전자주소 midasbooks@hanmail.net
페이스북 https://www.facebook.com/midasbooks425
인스타그램 https://www.instagram/midasbooks

ISBN 979-11-6910-401-2 03810

값 17,500원

미다스북스는 다음세대에게 필요한 지혜와 교양을 생각합니다.

교사 7인이 말하는 오늘 그리고 행복

오늘도
행복을
발견합니다

양귀란 강윤정 김민영 박지혜 이유진 이은영 정현호

미다스북스

하루를 긍정으로 채워나가며, 책의 제목처럼 『오늘도 행복을 발견합니다』를 고백하는 선생님 7인의 소중한 일상을 만나는 행운을 누렸습니다. "나는 비우는 방법으로 '쓰기'를 선택했다." 한 선생님의 고백을 만나면서 거울에 비친 웃고 있는 '나'를 보게 됩니다. 이 글을 쓰고 있는 저 역시 2017년부터 시작된 쓰기를 통한 비움으로 어제보다 더 행복한 오늘을 맞이하고 있기 때문입니다. 책 속에 깊이 스며든 습관, 성장, 변화로 내면의 평화를 누리기까지 비우고 채워지며 오늘의 행복을 만날 수 있는 소중한 책을 여러분도 함께 만나면 좋겠습니다.

『밀알샘 자기경영 노트』 저자 김진수

7인 7색 초등 교사의 좌충우돌 자기성장과 인생 이야기를 오롯이 담았다. 살아가며 마주하게 되는 희로애락의 감정들을 글에 녹였다. 삶에서 건져 올린 다양한 글감들이 담겨 있어, 마치 나의 이야기처럼 느껴진다. 한 번쯤 경험한 이야기이기에 공감이 되고, 더욱 글에 몰입하게 된다. 글이 마음을 치유할 수 있음을 느끼는 순간이다. '나만 힘든 것은 아니구나.', '다시 한번 해봐야겠다.'는 생각이 차오른다. 진솔한 이야기를 담은 이 책이 일상에 지친 여러분에게 따뜻한 위로와 희망을 전할 수 있는 메신저 역할을 해 줄 거라 생각한다.

『독서토론논술 수업』, 『교과수업, 틀을 깨다』 저자 김성현

진정한 행복에 관해 고민이 많아지는 요즘입니다. 7인의 교사가 말하는 행복의 여정을 따라가다 보니 나의 행복이 옆에 있음을 새삼 깨닫게 됐습니다. 그들이 제시하는 행복은 '자기 성찰'에서 시작합니다. 마음을 비워 내며 만나는 '나'로 시작하여 행복을 채웁니다. 그리고 이 채움은 일상의 소중함을 깨닫게 합니다. 일상에서 만나는 여유, 변화, 발전. 이것들이 만나 아름다운 결실을 만들어 냅니다. 이 결실이 행복에 가까워지게 하는 선생님들의 소소한 해결책들이 담긴 이야기는 이 책의 유익함을 더해 주었습니다. 행복은 우리를 더 나은 내일로 데려갑니다. 그 내일을 준비하는 일곱 교사의 마음은 하나같이 세심하며 밝습니다. 이 책을 만나 우리는 당장 행복해질 수 있음을 깨달았습니다. 행복을 발견합니다.

NUS 싱가포르 국립대학교 한국어 과정 교수, 지서원

행복은 내 마음이 바라는 것이다. 떡볶이를 먹고 싶은 날 떡볶이를 먹고, 바다를 보고 싶은 날 바다를 보러 가는 것이 행복이다. 현재 내 마음에 집중해서 나 자신을 기쁘게 하는 무언가를 떠올리고, 그것을 행동으로 옮긴다. 조금이라도 내 마음이 불편하다면 다시 점검한다. 이렇듯 편안하고 만족스러운 순간이 반복된다면 우리는 그 하루를 행복하다고 말한다. 매일 밤 행복한 미소를 지으며 잠들고 싶다면, 오늘부터라도 내 마음이 흘러가는 대로 한 번 살아보자.

강윤정

일요일 오전 동네 도서관에 들렀다. 서가에서 제목이 맘에 드는 책을 골라 볕이 잘 드는 곳에 앉아 책장을 넘겨본다. 술술 어느새 한 권을 다 읽었다. 그리고 독서 모임에서 낸 숙제 책과 제목이 끌리는 여러 권을 대출하여 집으로 향한다. 제법 쌀쌀해진 날씨지만 따스한 햇살 속에 일요일 아침 공기는 상쾌하고 콧노래가 절로 나온다. 내가 좋아하는 일을 할 수 있는 지금 이순간 참 행복하다. 일상 속에서 가족 또는 동료, 친구와 함께, 때로는 나 홀로 좋아하는 일을 찾아 나서 본다. 그게 바로 행복이다.

김민영

행복이란 나에게 주어진 하루가 아무 일 없이 평범하게 마무리 되는 것이다. 하루해가 지고 난 저녁, 집에 돌아온 가족 모두 건강한 몸으로 잠자리에 드는 것이다. 행복은 부와 물질에 있지 않다. 기름진 식사와 화려한 것이 아니다. 행복은 특별한 것이 아니다. 그저 나에게 주어진 평범한 일상에 감사하는 그 마음 자체가 행복이다. 감사로 맞이하는 평범한 하루하루가 행복이자 내가 누리는 작은 천국이다.

내가 생각하는 행복이란, 내가 몰입하고 있는 그 순간이다. 책을 읽고 있는 순간일 수도, 영화를 보는 순간일 수도, 친구를 만나 수다를 떠는 순간일 수도, 글을 쓰는 이 순간일 수도 있다. 집중하는 이 순간에 오롯이 이것만을 생각하며 나의 긍정적인 에너지를 만끽하는 몰입의 순간. 그 순간의 나는 기쁘고, 즐겁고, 신나고, 좋은 감정의 홍수 속에 빠져 있을 것이다. 다른 것들을 걱정하거나 생각하는 것이 아니라. 그 순간의 것에 집중하고 있는 내가 느끼는 그 감정이 바로 행복일 것이다.

내가 느끼는 지금이 행복하다. 가슴에서 무엇인가 꿈틀대며 하고 싶은 일을 발견할 때 행복하다. 그 일이 어렵고 힘들지라도 하나씩 작은 단계들을 밟아가며 마침내 해냈을 때 뿌듯하다. 그리고 좋은 사람들과의 즐거운 대화가 행복하다. 서로의 생각을 나누고 나의 생각과 다름을 알아가는 일이 즐겁다. 고마운 눈빛, 사랑하는 마음, 다정한 미소, 따뜻한 배려가 느껴질 때 행복하다. 우리는 행복하려고 마음 먹기만 한다면 언제든 행복할 수 있다.

이은영

행복이란 소근소근이다. 소근소근이라는 표현은 작고 가볍게 움직이는 모습을 표현한 말이다. 이 문구처럼 행복이란 크고 화려한 것이 아니라 작고 일상적인 순간에서 발견되고 느껴지는 것이다. 나는 행복을 크고 눈에 띄게 나타나는 것에서 느끼지 않는다. 내가 '아, 행복하다.'라고 느낄 때는 소소하게 내 주변에서 일어나는 작은 것에서 느낀다. 아이들의 웃음 소리, 사랑하는 사람들과 수다, 걸으면서 느끼는 바람, 음악과 커피를 함께하는 시간, 계절에 따라 변하는 나뭇잎의 색 등 순간순간 내 주변을 통해 가슴이 뭉클해지고 따뜻해지는 것을 느낀다.

정현호

행복은 언제나 주변에 꼭꼭 숨어 있다. 우리는 숨바꼭질하듯이 행복을 찾아 나서야 한다. 어릴 적 숨바꼭질하던 마음을 떠올려 보라. 숨어 있는 친구를 한 명 한 명 찾아낼 때의 그 기쁨을 그 즐거움을. 잘 둘러보면 우리를 행복하게 하는 것은 항상 주변에 있다. 오늘 나를 조금이나마 미소 짓게 했던 그 모든 것이 하나의 행복이다. 나를 미소 짓게 하는 행복을 발견할 수 있는 오늘에 감사한다.

프롤로그

　2019년 11월 온라인 모임을 열고, 많은 인연이 스쳐 지나가는 동안 어느덧 4년이라는 시간이 흘렀다. 4년 사이 초등학생 자녀가 어느새 훌쩍 자라서 어엿한 중학생이 되기도 했고, 배 속에 있던 아이가 태어나기도 했고, 아프던 허리가 나은 분도 있었다. 시시콜콜한 일상을 나누며 서로의 성장을 든든히 응원해 주는 사이가 된 우리. 온라인으로 인연을 맺고 직접 만난 적도 없는 우리가 이처럼 끈끈하게 이어질 수 있었던 이유는 바로 '글'이 있었기 때문이다.

　글은 우리의 힘든 마음과 응원하는 마음을 부지런히 실어 날랐다. 그리고 글 덕분에 우리는 매일 어제보다 나은 오늘을 만들어 갈 수 있었다. 그래서 어느 순간 우리는 우리의 이야기를 글로 담아 보기로 했다. 우리의 글이 서로에게 위로와 응원이 되었던 것처럼 세상 사람들에게도 이 따뜻함을 전하고 싶었다. 이 책을 읽고, 오늘을 살아갈 힘을 얻는 독자들의 모습을 기대하며 행복하게 글을 써 내려갔다.

오늘 속에는 크고 작은 행복이 가득하다. 미래를 꿈꾸는 것도, 열정을 다해 살아가는 것도, 인내 끝에 결실을 맺는 것도 모두 다 행복이다. 씨앗을 뿌리는 봄이 주는 행복도 있고, 가을 나무에 주렁주렁 달린 열매가 주는 행복도 있다. 겨울이라 힘들어하지 않고, 여름이라 투덜거리지 않으며, 자연스럽게 흘러가는 계절처럼 무던히 하루를 살아내며 그 속에서 행복을 찾는다.

일곱 명의 저자가 살아온 삶은 너무나도 다르다. 초등교사라는 같은 직업을 가지고 살아가고 있지만, 우리는 교사이기 전에 한 사람이다. 그러니 그저 오늘을 함께 살아가는 일곱 개의 다른 빛깔을 지닌 사람들로 바라봐 주길 바란다. 한 권의 책이지만 일곱 향기가 전해진다. 책을 읽으며 나와 닮은 향기를 찾아보는 것도 이 책을 읽는 또 다른 재미가 될 것이다.

  마지막으로 이 책이 나오기까지 함께 해준 우리 작가님들에게 감사함을 전한다. 묵묵히 긍정의 힘으로 항상 응원해 주시는 윤정 선생님, 누구보다 부지런히 마음을 다해 소통해 주시는 민영 선생님, 말에서도 글에서도 따뜻함이 묻어나는 지혜 선생님, 오래된 친구처럼 저에게 웃음을 주시는 유진 선생님, 먼저 나서서 도와주시는 솔선수범 은영 선생님, 감성 가득 글 솜씨에 놀라는 유일한 청일점 현호 선생님. 모두 마음 가득 감사드립니다.

  하늘이 이어준 소중한 인연.
  우리의 이야기를 책으로 남길 수 있어 행복합니다.

2023년 11월 가을
양귀란 드림

목차

1장

시작의 첫 걸음,
습관이 내게 준 변화

비우며 얻은 에너지

박지혜

사람은 복잡하다. 나의 삶의 목표는 여러 가지다. 그래서 매번 한 방향으로 나아가지 못한다. 하루 동안에도 해야 하는 목표가, 소망이 얼마나 많은지.

오늘 처리하는 업무가 잘 풀리는 날이길. 회의가 성공적이길. 점심 식사 메뉴가 맘에 들길. 목이 아프지 않길. 그냥 하루만 잘 넘기길. 오늘도 그냥 아무 일이 없기를.

하루에도 목표는 계속 변경되고, 생성되고, 달성된다. 그렇기에 사람은 한 가지의 목표만을 바라보고 그것을 해내는 것을 어려워하고, 힘들어하고, 헤매게 되는 것 같다. 그러다 보니 흔들릴 때도 있다. 또 내 마음 한가운데에 무엇이 있는지, 무엇을 신념으로 하여 삶의 중심을 잡아야 하는지 모를 때도, 헷갈릴 때도 있다. 내가 알고 있는 모든 사실이 정말 맞는 것인지 의심하기도 한다. 그러고는 내가 지금까지 제대로 잘 살아온 것인지, 잘못 살아온 것은 아닌지 하고 내가 살아온 시간을 부정하고 싶기도 하다. 그래서 자꾸 흔들리고, 복잡해지고, 생각이 많아지고, 마음이 가라앉기도, 삶을 지탱하기 어려워지기도 한다. 이런 상황이 되면, 어느 방향으로도 갈 수가 없다. 어디로 한 발자국 내밀고 싶어도, 그게 맞는지 너무 의심되기 때문이다. 또 그렇게 선택했을 때, 실제로 잘못되면 '내가 또 잘못했구나.'라는 자괴감에 몸부림치게 된다. 그러다 보니 더 위축되고 아무것도 할 수 없는 상황이 된다.

몇 년 전 내가 그랬다. 나에게 닥친 이 힘든 현실에 매몰

되어 더 흔들리고 아무것도 믿을 수 없고 아무것도 하지 못하는 악순환이 반복되고 있었다. 그래서 좀 단순하게 무엇인가를 해야 한다고 생각만 많이 하던 중이었다. 하지만 새로운 것을 시작한다는 것은 내가 처한 상황에서는 혼자서 실천하기가 너무 어려웠다. 왜냐하면 내 잘못된 선택으로 이 힘든 상황이 생겼기 때문이다. 그래서 새로운 선택을 할 때 과연 이 선택이 올바른지 걱정이 들었다. 하지만 한편으로는 '이렇게 무력하게 살면 안 되는데.', '이러다 우울증이 오면 어떡하지.' 하고 걱정도 많이 하고 있었다. 그런 흔들림의 시간에 만난 것이 이 모임이었다.

'매일비움을 실천하는 모임'

이렇게 힘들게 가만히 있다가는 내 삶, 내 주변이 모두 무너질 것 같아 큰일이 날지도 모른다는 불안 속에서 인터넷을 검색하다가 찾았다. 지푸라기라도 잡는 심정으로 '뭐라도 발견돼라.' 하고 인터넷을 서핑하던 중에 이 모임을 발견하게 된 것이다. 이미 많은 분이 참여하고 있던 터라

과연 해도 될지 고민을 계속하다가 '안 하는 것보다는 낫지.' 하는 마음에 신청 댓글을 달고 두근거리는 마음으로 기다렸다.

'과연 될까? 괜히 했다가 힘들어서 안 좋은 건 아닌가? 그래도 뭔가를 할 수 있어서 좋을 것 같기도 한데…. 괜찮을까?' 하는 여러 가지 마음이 섞이고 섞이며, 조심스럽고 소심한 마음으로 오픈 채팅방 비밀번호를 기다렸다. 그렇게 기대 반 모른 척 반으로 혼자서 몰래— 기다리고 있다가 '띵—!' 하고 비밀번호와 함께함을 축하한다는 귀란 선생님의 댓글 알림이 울렸다. 두근두근. 그때가 내 삶의 원동력이 되어 줄 전환점이었다.

모임 채팅방에 들어가서도 바로 무엇을 하거나 하진 않고 살펴보았다. 인사만 하고 소위 '눈팅'을 하다 보니, 뭔가…. 이 바쁘고 심란한 마음을 가진 가운데에서도 나도 할 수 있을 것 같다는 생각이 들었다. 오늘 쓰레기 버리는 날인데, 쓰레기 버리는 것을 인증하면 오늘 비움 인증은 성공이었다. 어차피 하는 일인데 인증하면 성공이 되니 기분이 좋기도 했다. 뭔가 '더' 하지 않아도 성공이라는 달콤한 꿀이 떨어지는 느낌이랄까? 게다가 인증하면 같이 으쌰으쌰 하는 동기들이 응원을 해준다.

'저도 해봐야겠어요.', '그런 비움도 좋네요.', '정말 고생하셨어요.' 하고.

비움을 실천했다는 성취감과 칭찬의 기쁨이 스멀스멀 마음속에 채워진다. 그래서 오늘도 하고, 내일도 하고, 내 일상에서 이미 하던 비움을 찾아 봤다. 쓰레기 버리기, 책상 정리하기, 설거지하기, 빨래하기, 건조대 정리하기, 방 청소하기, 이불 개기가 있었다.

세상 모든 게 내 맘대로 되지 않고, 자꾸 실패만 하던 상황에서 내가 매일매일 성공한다는 그 기쁨은 이루 말할 수 없이 커다란 충만함으로 다가왔다. 비움을 성공했다는 사실과 비움을 함께하는 동기들의 응원은 의심만 가득한 내 마음에 충만함을 펑-펑! 터뜨리며 가득 차게 했다. '이미 내 일상은 비움이 가득한 것이었구나. 아, 나는 아무것도 하지 않고 사는 게 아니었구나. 나는 매일 이런 것을 하고 있었구나.'라는 깨달음을 줌과 함께 다시 나를 자존감이 튼튼한 사람으로 만들어 주고 있었다.

이런 충만함은 나를 다른 비움을 향해 움직이게 했다. 오늘 원래 하던 일상적인 일에 하나의 비움을 더해 실천하는 것이다. 쓰레기도 버리고 장난감 분류하기, 약을 꺼내 한곳으로 정리하고 버리기, 선풍기 꺼내서 청소하기. 하나씩 더하고 뿌듯함을 느끼며, '나도 괜찮게 살고 있어!' 하는 자신감도 차곡차곡 채워졌다. 그런 자신감을 바탕으로 귀란 선생님의 책도 읽으며 따라 해보고, 다른 책도 찾아보고, 다시 도서관도 가보고. 하나하나 성공하는 그 재미에 비움을 계속하고 있는 나를 발견할 수 있었다. 그렇게 나는 다시 혼란 속에서 일상으로 천천히 복귀할 수 있었다.

힘든 그 시기에 나를 일상으로 다시 돌아오게 했던 것은 비움을 함께하는 모임의 긍정적 에너지 덕분이었다. 사람과 같이 일상 이야기를 나누고 서로 연결되며 안정감을 찾았다. 또, 나도 할 수 있다는 작은 성공 경험이 쌓여 나의 작던 자존감을 점점 크게 만들어 주었다. 그리고 그 경험은 나의 자신감 또한 키워 주었다. 이런 적은 노력이 그 흔들림 속에서 일상을 찾을 수 있는 원동력이 된 것이다. 이 덕분에 나는 내 삶의 주도권을 찾고 계획을 하고 실행할 수 있는 준비를 할 수 있게 되었다.

어떤 흔들림이 찾아올 때 그 원인을 분석하는 것은 옳은 일이다. 그런데 그 방법으로 인해서 내가 더 흔들리고 악순환에 휘말리게 될 수도 있다. 일단 멈추고, 멈추고, 멈추자. 그리고 작은 성공으로 다시 내 마음을 긍정적인 에너지로 가득 채우면, 그러면 다시 정돈된 나를, 정리할 수 있는 능력을 갖춘 나를, 다시 웃고 있는 나를 만날 수 있게 될 것이다. 그런데 혼자 하는 것은 정말 힘든 일이다. 그래서 함께 할 수 있는 동료들과 시작하는 것을 추천한다. 매일비움을 실천하는 이 모임을 만난 것처럼.

'함께'라는 힘

김요한

❀

'함께'로 비움을 실천하다

내가 지나간 자리는 항상 지저분하게 바뀌어 고민이었다. 일을 마친 책상은 각종 서류와 책, 사무용품 등으로 가득 차 있기 일쑤였다. 찾고 싶은 것이 있어서 서랍을 열면, 물건이 어디 있는지 알 수 없어 한참이 지나서야 찾을 수 있었다. 옷장도 마찬가지였다. 내가 입고 싶은 옷을 찾으려면 옷장과 서랍을 한동안 찾아야 했다. 새 옷을 살 때면 이미 나에게 있는 줄도 모르고 비슷한 색이나 디자인의 옷을 또 사기도 했다. 항상 그때그때 필요한 것들을 찾아 쓰기만 하고 정리하지 않는 삶을 반복하며 살아왔다.

문제인 줄 알지만 해결할 엄두를 내지 못하고 전전긍긍하던 중에 만난 것이 비움 모임이다. 인터넷을 돌아다니다가 비움을 함께 할 사람들을 모집하는 글을 통해 오픈채팅방에서 만나게 되었다. 정리는 필요한데 혼자서는 엄두를 못 내는 나 같은 사람에게 필수인 모임이었다. 고민할 겨를도 없이 무조건 신청했다. 당장 뭐라도 해야 할 것 같았다. 방식은 간단했다. 오픈 채팅방에 입장하여 나의 신상과 정리 목표를 간단히 소개한다. 매일 정리하는 시간을 5분으로 정하고 정리 전후의 모습을 사진으로 찍어 올린다. 이렇게 나의 비움을 인증하는 것이다. 비움 모임에 참여하면서, 그간 봐도 못 본 척 지나갔던 일상생활 속의 여러 자리가 눈에 들어오기 시작했다.

매일 만나는 화장대가 먼저 눈에 띄었다. 각종 화장품이 너저분하게 흩어져 있었다. 일단 필요 없는 것을 봉지에 담아 버렸다. 그리고 작은 바구니를 두 개 준비해 남편과 내 화장품을 구분하여 담았다. 여기저기 흩어져 있던 화장품들이 바구니 두 개로 간단하게 정리가 되었다. 사용하고 나서는 다시 바구니에 담으니 정리도 쉬워졌다. 늘 사용하는 주방도 문제였다. 냄비, 프라이팬, 각종 조리도구가 나와 있어 보기에 항상 어지러웠다. 주방을 객관적으로 살펴보기 시작했다. 다행히 주방에는 상부장과 하부장 그리고 서랍장까지 수납공간이 충분했다. 일단 무거운 조리도구들은 하부장으로 보냈다. 자주 사용하는 접시들은 내 손이 닿기 쉬운 상부장에 정리했다. 물건을 사용한 후에 바로 원래 그 자리로 돌려보내는 것도 중요하다는 것을 깨달았다. 이렇게 하는 데에 5분이면 충분하다. 이번에도 정리 후 사진을 찍어 인증한다. 이제는 비움과 정리가 재미있기까지 하다.

　다른 분들이 인증하는 사진들을 보면 빨래 정리하는 법, 서랍 정리하는 법 등을 보고 배운다. 비움 모임을 같이 하는 사람들의 인증사진을 보고 자극받아서 늘 정리해야지 하면서 미루었던 냉장고까지 손을 댈 수 있었다. 이미 정리가 끝난 다른 분들의 말끔한 사진을 보면 의욕이 샘솟으면서 냉장고 문을 열 수밖에 없게 된다. 온라인 비움 모임에 참여하며 하루하루 조금씩 비워냈더니 정말 생활이 가벼워졌다.

온라인 비움 모임을 1년 넘게 참여하다 보니 정리해야 하는 것이 꼭 물건만은 아니었다. 나의 감정, 인간관계, 처리해야 하는 업무 등에도 정리가 필요했다. 기쁨, 고마움, 서운함, 속상함, 미안함 등 감정도 표현하거나 미처 그렇게 하지 못한 것도 채팅방에 비움으로 인증하고 나면 정리가 되었다. 스스로 '비움'이라고 선언하고 정리했을 때 모든 것들이 말끔히 정리되었다. 정리된 모습을 사진으로 인증하면 마음속 후련함과 더불어 회원님들께 칭찬과 격려도 한가득 받을 수 있었다.

'함께'로 습관을 완성하다

비움 모임에 이어 습관 만들기를 다른 사람들과 함께 실천할 수 있는 오픈 채팅방 모임(이하 습관 모임)을 알게 되었다. 본인이 실천하고 싶은 일곱 가지 습관 목록을 정하고 매일 실행하고 인증하는 방식이었다. 처음 습관을 기록하고 인증하는 엑셀 서식을 접했을 때 내가 든 생각은 '아… 어떻게 이걸 매일 하지? 난 못 하겠다.'였다. 한편으로는 그것들을 실천하는 사람들이 대단하고 부러웠다. 일단, 질러보자는 생각으로 신청했다. 매일 실천해야 할 습관 목록을 정할 때 염두에 두었던 것은 가장 소중한 가족과 행복하게 지내는 것이었다.

목록을 정할 때 가장 중요한 것은 실천할 수 있는 것들을 행동으로 구체화하는 것이다. 내가 처음 정한 목록은 다음과 같다.

1. 5시에 일어나기
2. 물 5컵 마시기
3. 5분 스트레칭하기
4. 책 읽고 블로그에 글 남기기
5. 가족에게 사랑한다고 말하기
6. 아이에게 칭찬해 주기
7. 나에게 웃어주기

일곱 가지 목록을 정한 뒤에는 이것을 매일 실천하고 10점 만점으로 점수를 매겨 엑셀에 기록했다. 정리된 표를 보니 주말 5시에 일어나는 것이 힘들었고 내 아이에게 칭찬하는 것과 나에게 웃어주기가 0점인 날도 있어 아이와 나 자신에게 인색한 나를 돌아보게 되었다. 칭찬도, 나에게 웃어주는 것도 의도적으로 노력해야지 나아진다는 것을 깨닫고 새삼 놀라게 되었다. 그다음 주에는 목록에 '둘째와 책 읽기'를 추가하였다. 작은 일이지만 실천하고 나서 가족과 함께 웃으며 이야기하는 시간이 늘어났다.

습관이 정착되면서 가장 좋았던 점을 말하라고 한다면 나에게 집중할 수 있었던 시간을 갖게 된 것이다. 내가 하고 싶은 것들을 마음껏 해내는 기쁨을 누렸다. '내가 어떻게 해?'보다는 '나도 할 수 있다!'라는 발상의 전환을 만들어 주었다. 실제로 습관 만들기를 시작한 해에는 4시 30분 기상을 습관으로 만들었다. 아침 시간을 활용하는 것은 내 삶에 많은 변화를 가져다주었다. 책 읽기, 운동하기, 기록하기 등의 습관이 내 것이 되는 쾌감을 느꼈다. 무엇보다 하루하루를 정말 알차게 살게 된다.

습관 모임은 자신이 정한 목록을 혼자서 열심히 실천하기도 하지만, 인증하는 다른 분들의 응원과 그들이 주는 자극을 받으며 스스로 할 수 있다는 동기부여를 함께 받는다. 이런 상호 인증 시스템이 아니었다면 사실 매일 실천하기 힘들었을 것이다. 나 스스로 점검하고 약속하며 매일 인증하는 것도 중요하지만, 혼자서는 매일 끌고 갈 수 있는 동력이 부족하다. 인간은 사회적 동물이라고 하지 않던가? 다른 사람들의 목록도 참고하고 매일 부지런히 인증하는 분들을 보며 자극받는다. 하고 싶은 것이 있는데 혼자서는 하려는 엄두가 나지 않을 때 주위를 둘러보자. 나와 같은 생각을 가지고 함께 할 사람들이 의외로 많다. 그리고 기꺼이 함께 해준다. 그들과 함께했을 때 서로 성장하는 그 기쁨을 누릴 수 있다.

나를 충전하는 법

김민영

❋

아침을 먹고 돌아서면 점심을 준비한다. 점심을 먹고 돌아서면 설거지하고 저녁을 준비한다. 가족들이 쌓아놓은 빨래를 세탁기에 돌리고 청소기의 도움을 받아 집안 곳곳을 치운다. 물걸레도 뱅글뱅글 돌아가며 집안에 묵은 먼지들을 함께 떨어낸다. 학교나 학원에 아이들을 데려다준다. 이런저런 일들로 발바닥이 닳게 돌아다니며 집안을 종횡무진한다. 잠자리에 들 시간이 되어서야 미처 벗지 못한 내 앞치마가 보인다. 동네 엄마들과의 티타임과 브런치가 없어도 집안에서의 시간은 이렇게 분주하게 흘러간다.

　분주함이 반복되는 생활을 하지만 다행인 것은 나와 함께 하는 사람들이 있다는 것이다. 우리는 한 달에 한 권씩 책을 정해서 함께 읽고 한 달에 한 번 인터넷을 통해서 모임을 한다. 책에 대해 느낀 점과 생각할 거리를 서로 나눈다. 모임을 마치기 전 혹은 후에, 책에 대한 서평을 쓰라고 서로에게 이야기해 준다. 서평을 잘 쓰고 못 쓰고는 중요하지 않다. 생각과 느낌을 적고 내가 읽은 책을 블로그에 기록하는 자체가 중요하다. 바쁜 일상을 탓하며 쉽다면 쉬운 그 일을 주기적으로 해내지 못하는 나 자신이 부끄러울 때도 있지만 함께하는 사람들 덕분에 꾸준하게 책 읽기를 놓지 않고 살아갈 수 있다.

　나에겐 함께하는 사람들이 또 있다. 생활 속 모든 것을 버리고 정리한다는 목표를 가지고 하루 동안 자기가 실천한 것을 SNS에 사진과 글로 인증하는 '비움 모임'이다. 버리는 대상은 물건에 한정되지 않는다. 자신의 감정이나 생각, 묵은 인간관계나 정리하지 못한 전화번호를 버리는 것, 미뤄둔 약속을 실행하는 것 같은 추상적인 것도 포함한다. 하루 동안에 각자가 해야 하는 비움의 크기나 종류는 상관없다. 정리와 살림에 대한 책도 이 모임을 하면서 많이 읽었다. 다른 사람들이 비우는 과정을 보면서 많이 배웠다. '나는 왜 정리와 청소, 요리 그리고 살림에 소질이 없을까?'라고 생각도 많이 했다. 이러한 살림을 잘하고 싶어서 부단히 애쓰던 시절도 있었지만 아쉽게도 눈에 보이는 혁명적인 발전은 나에게 없었다. 그래도 괜찮다. 이제는 비움 모임이 일상의 습관이 되어 매일 치우고 비우고 정리하며 생활하기 때문이다. 아침에 눈을 떠서 밤에 잠들 때까지 비워내고 치우는, 나는 엄마다. 빨래 건조대에 걸려 있는 수건 한 장이라도 무의식적으로 집어서 개는 나는 프로 정리가, 프로 비움 전문가다.

생활인으로 일상을 살다 보면 은연중에 방전된 배터리처럼 내가 닳아버리는 경험을 하게 된다. 신기하게도 그냥 열심히 살았을 뿐인데 정작 마지막의 나는 방전되어 몸과 마음이 허전해진다. 나를 충전하기 위해 가족도 친구도 대신해 줄 수 없는 나만의 시간과 장소가 필요하다.

　이럴 때는 노트북을 들고 때로는 노트와 펜만 달랑 들고는 동네 도서관으로 발걸음을 옮긴다. 걸을 때는 아무 생각도 하지 않는다. 그저 평소의 발걸음에 나의 몸을 맡긴다. 걷다 보면 30년 넘게 자란 커다란 플라타너스들이 나를 반긴다. 농구 골대에서 땀 흘리며 경기하는 아이들의 모습이 나를 붙잡는다. 동네마다 자치구에서 만들어 놓은 물놀이장은 오늘도 성업 중이다. 학교로 향하는 피노키오를 유혹하는 여우들처럼 도서관을 향하는 나를 붙잡는 풍경은 많지만, 오늘도 씩씩하게 발걸음을 내디딘다. 생활인인 나를 잠시 멈추고 한시라도 빨리 나를 충전하기 위해서 걸음을 재촉해 본다.

도서관에 앉아서

묵직한 도서관 문을 밀고 들어갈 때의 느낌이 그 어느 때보다 좋다. 너무 편안해서 꼭 집에 돌아온 것 같은 기분마저 든다. 아마도 나는 책벌레였나 보다. 도서관에 도착해서는 통창으로 공원이 보이는 책상 한쪽에 앉아 노트북을 꺼내고 전원을 켠다. 그동안 읽었던 책은 잠시 내려놓고 도서관 안에 가득한 새로운 책의 냄새를 맡는다. 서가에 가득히 쌓여 있는 책들이 보인다. 책을 보면서 책 먹는 여우처럼 마음이 설렌다. 원래 계획했던 일을 잠시 미루고 눈앞에 펼쳐진 책의 유혹을 마음껏 받아들인다. 읽고 싶은 책을 한 무더기 골라서 욕심 있게 옆자리에 두고는 한 움큼 읽어 내린다. 한참이 걸려 다 읽으면 노트북을 켜고 글을 쓰기 위해 자판을 두드린다. 거창한 글이 아니어도 읽은 책을 바로 기록하지 않으면 무엇을 읽었는지 놓치기 일쑤다. 책 제목이 무엇이었더라? 어떤 내용을 적어야 하더라? 이 글에는 어떤 이미지가 어울릴까? 생각을 거듭하며 손이 바빠진다. 글을 정리하면서 내가 살아 있음을 느낀다. 고요하다고 생각했던 내 머릿속의 뉴런들은 오히려 경쾌하게 팔딱팔딱 살아 있나 보다. AI가 아무리 발전하더라도 손가락 끝에 와 닿는 자판의 경쾌한 느낌을 내게서 앗아가지 않았으면 좋겠다.

한참 글을 적다가 도서관 안 북카페에서 파는 차를 주문한다. 자원봉사자들로 운영되는 카페인데 매년 수제로 직접 만든다는 모과차가 올해는 향이 참 좋다. 따끈한 도자기의 온기를 몸으로 느끼며 향기로 한잔, 눈으로 한잔 차를 마시며 다시 생각을 궁리한다. 무엇을 어떻게 써야 하나 한참 생각한다.

해야 할 일이 한가득이고 정보를 찾아야 할 때도 나는 도서관에 온다. 수첩 한가득 해야 할 일의 목록을 빼곡히 적고 그때그때 필요한 정보를 컴퓨터나 휴대전화를 이용해 찾고 메모한다. 미루지 않고 힘들어도 숙제하듯 자료를 찾고 정리하면 엉킨 실타래 같은 생각들이 해결되면서 무언가 눈앞에 새로운 길이 생긴다.

오늘은 다행히 차가 식기 전에 일이 잘 풀려간다. 이렇게 좋은 날도 있지만 일상이 바빠 늦게 이곳을 찾으면 금방 문 닫는 시간이 돌아온다. 시간의 흐름을 타서 한참 자판을 두드리다가 때로는 읽은 책과 좋은 문구들도 기록하지 못하고 급하게 노트북을 덮어야 할 때도 있다.

고개를 들어 마주 대하는 도서관 유리창으로 비치는 공원의 풍경과 신록이 아름답다. 노동하지 않을 자유가 내게 주어진다면 나는 시간이 닿는 대로 글을 쓸 수 있는 무언가를 챙겨서 이곳에 올 것이다. 책 냄새를 맡으며 나를 충전하고 다시금 원래의 일상으로 돌아갈 준비를 할 것이다.

보이지 않는 나의 배터리에 완전한 충전을 마치고 도서관 문을 나선다. 도서관 뒤로 보이는 공원으로 붉은 노을이 지고 있다. 오늘도 충전을 마친 내가 다시 노을 속 일상으로 천천히 스며든다.

2019년 11월, 습관 모임을 열었다. 가꾸고 싶은 습관 일곱 가지를 정한 뒤에 매일 실천하고 기록하면서 공유하는 모임이다. 다음 페이지에 나온 표에 매주 습관을 기록하고 나누며 하루를 소중히 돌보기 시작했다.

습관 기록표 양식

요일	실천 여부							긍정 일기
* 올해 목표:					* 이번 달 목표:			
토								
금								
목								
수								
화								
월								
○○○	5분 영어	악기 연습	10분 독서	물 5컵	5분 근력	음식 기록	지출 기록	
이름	1	2	3	4	5	6	7	이번 주 긍정선언

기록을 시작하기 전에 나는 그저 퇴근 후에 사람들을 만나거나 운동을 하며 일주일을 흘려보냈다. 집에 혼자 있는 허전한 시간이 싫어서 최대한 늦게 귀가하곤 했다. 그러다 보니 자연히 혼자만의 시간이 없었고, 성장을 위해 채워지는 시간보다 낭비하는 시간이 많았다.

습관 기록을 통해 이루어 낸 가장 큰 변화는 '독서하는 삶'이다. 25세가 될 때까지 1년에 한 권도 손에 잡지 않았던 나인데 이제는 1년에 80권이 넘는 책들을 읽고 있다. 2020년부터 1년에 100권 읽기를 목표로 책 읽기 습관을 기록표에 넣었다. 일주일에 2권씩 읽으면, 한 달이면 8권, 열두 달이면 96권이다. 책은 단연코 내 삶을 바꾸어 놓았다. 나에게 도전할 힘을 주었고, 생각의 폭을 넓혀 주었으며, 나를 글 쓰는 삶으로까지 이끌었다. 이제는 책이 없는 삶을 상상할 수 없다. 든든한 친구이자 멘토인 책과 평생 함께하고 싶다.

또한 이 습관 기록은 나의 언어 공부 습관, 운동 습관, 건강한 식습관을 길러 주었다. 언어는 매일 아침 또는 이동 시간을 활용해서 단 5분이라도 듣고 말하려고 했다. 언어 공부 스터디를 만들어서 함께 공부하고 성장하는 시간도 가졌다. 운동은 하루 습관 속에 반드시 넣었다. 요가, 헬스, 산책 등 변화를 주면서 실천했다. '샤워하기 전 근력 운동 5분 하기', '저녁 먹고 산책하기'와 같이 다른 습관들을 연결하니 운동을 지속하기에 좋았다. 건강한 식습관을 위해서는 육식 줄이기, 밀가루 자제하기, 커피 줄이기 등을 시도해 보았다. 하루 동안 내가 먹는 음식들을 매일 기록하니 나의 식습관을 점검하고 조금씩 바꾸어 나갈 수 있었다.

매주 지난 한 주를 점검하고 새로운 한 주를 대비한다. 잘 지켜서 이미 습관이 된 것들은 지우고, 새로 만들고 싶은 습관은 추가한다. 이렇게 조금씩 쌓아 나가다 보면 어느새 내 삶을 지탱해 주는 기둥들이 제법 튼튼해진다. 우리 삶에서 중요하지만 놓치고 살았던 것들을 붙잡고, 단단히 하는 과정이다. 나의 의지로 만들기 시작한 습관이지만 마지막에는 결국 습관이 나를 바꾸어 놓는다.

흘러가는 시간 다루기

누구에게나 똑같이 주어지는 24시간을 어떻게 사용하는지에 따라 우리의 인생은 달라진다. 그래서 지금 내 모습은 그동안 내가 시간을 어떻게 사용해 왔는지를 보여주는 결과라고도 할 수 있다. 바꾸어 말하면, 시간을 어디에 쓰는지에 따라 우리의 삶은 바뀔 수 있다. 지금 이대로가 좋다면, 지금 사용하는 방식 그대로 시간을 쓰면 된다. 하지만 변화와 성장, 발전을 원한다면 시간을 다르게 사용하고 투자해야 한다.

2021년 1월, 『매일비움』, 나의 첫 책을 출간했다. 2019년 말부터 원고를 작성하기 시작했고, 2020년 한 해 동안 원고를 읽고 또 읽으며 수정하기를 반복했다. 다른 사람들이 나들이를 갈 때도, 나는 혼자 집에 남아 글을 써야 했다. 마감 시간을 맞추기 위해 밤늦게까지 글을 쓰기도 하고, 새벽에 일어나 글을 수정하기도 했다. '내가 지금 무얼 하는 것일까.'라는 생각이 들기도 했지만, 내가 벌인 일이기에 마무리를 지어야 했다.

글쓰기를 위해 포기한 것들도 많았지만, 그 기회비용이 아깝지 않을 정도로 나는 성장했다. 깜깜한 동굴처럼 막막

하고 힘든 순간들이 지나니 숨통이 트이고 눈앞에 밝은 세상이 펼쳐졌다. 정성과 시간이 눈에 보이지 않는다고 해서 어디론가 사라지진 않는다. 좌절하기도 하고 그만두고도 싶었지만, 결국 그 마음들도 다른 형태의 애정이 되어 책에 들어가 있었다. 지나고 보니 책을 만드는 모든 순간이 다 의미가 있었다. 달리기도 하고, 멈추기도 하고, 걷기도 하며 길고 긴 책 쓰기 마라톤을 마쳤다.

2019년부터 3년간 싱가포르에 살면서 저질렀던 또 하나의 일이 있다. 바로 국제요가 자격증이다. '이왕이면 운동하면서 자격증도 취득할 방법이 없을까?' 고민하던 중에 자격증을 발급해 주는 요가 학원을 발견했다. 언제든 다른 직업을 가질 수 있는 자격증을 갖고 싶었고, 동시에 전 세계 어디서든 일할 수 있는 '국제' 자격증을 취득하고 싶었다. 퇴근 후 일주일에 세 번, 세 시간씩 영어로 강의를 들었다. 너무 피곤해서 꾸벅꾸벅 졸기도 했다.

꼬박꼬박 출석하고 숙제하다 보니 시험이 눈앞으로 다

가왔다. 시험 준비를 할 때는 같은 반 친구들의 도움을 많이 받았다. 한국 분이 계셔서 물어보기도 했고, 의학 용어를 많이 아는 친구와 카페에서 따로 공부하기도 했다. 과정 자체는 6개월이었지만, 시험을 치고, 실습 시간을 채우고, 보고서를 쓰고, 발표까지 하니 약 1년이 걸렸다. 결과적으로 나는 국제요가 자격증을 취득했고, 그 속에서 두려움을 이겨내고 도전하는 법, 새로운 환경 속에 적응하는 법, 부탁하고 편견 없이 배우는 법을 배웠다.

　시간은 하루 단위로 살아가지만, 눈은 저 멀리, 앞을 보고 있어야 한다. 단기적으로 처리할 일도 있지만, 길게 시간을 투자해야 하는 장기적인 과제도 있다. 1년에 하나 정도는 긴 호흡으로 가져갈 도전 과제들을 잡아 본다. 6개월 단위도 좋다. 생각이 너무 많으면 실천이 어렵다. 덜컥 학원에 등록하거나 돈을 쓰는 것도 방법이다. 당신은 오늘 하루, 어디를 바라보며 어디에 시간을 투자할 것인가.

카페에서나 나올 법한 음악을 배경으로 깔끔하고 단정하게 정리된 거실이 펼쳐진다. 그리고 앞치마를 단정히 두른 어떤 여자가 깨끗한 자기 집을 소개하며 다양한 정리 방법에 관해 이야기한다. 난 이렇게 정리된 집에서 살고 있어. 넌 어떠니? 공간을 잘 정리하게 만드는 정리함을 사야 하나 한 번 고민하고, '정리함마저 칸을 나누어 모든 물건의 자리를 정해줘야 하는구나. 저 방법으로 한 번 치워볼까?' 하고 생각하는 순간 둘러본 우리 집. 한숨만 나온다. 정리는 항상 머릿속에 있는데 내가 매일 보는 건 어지럽고 너저분한 집이다. 매일 정리에 대한 압박감이 있어서 열심히 치우고 있다고 생각하는데 여전히 집은 어제의 모습과 똑같다. 왜 달라지지 않는 걸까?

세끼 식사를 마친 후 식기세척기, 청소기, 세탁기를 차례로 돌린다. 빨래를 널고 개켜 정리하고, 마른 식기를 다시 제자리에 넣는다. 쓰레기통을 비운 후 재활용 쓰레기와 분류하여 버린다. 장보고, 냉장고 정리하고, 집안일은 해도 해도 끝이 없다. 식기세척기, 건조기, 심지어 로봇청소기까지 있어도 이상하게 일은 줄어들지 않는다. 건조기의 먼지 통은 자주 씻어주지 않았더니 옷에서 냄새가 나는 것 같고, 구형 로봇청소기는 자꾸 전선 때문에 엉켜 멈춰버린다. 문명의 혜택을 충분히 받고 있지만 좀 더 편해지고 있다는 생각이 들지 않는다. '살림은 다 힘든 거지.'라는 생각이 드는 순간 멋들어지게 살림을 해내던 그 유튜버가 생각난다.

아이를 가진 엄마의 살림은 더 힘들다

이렇게 끝이 없는 집안일 외에도 엄마의 정리가 힘든 이유는 한 가지 더 있다. 평소에는 사이가 좋은 아이들이 공부 이야기만 나오면 남보다 못 한 사이가 된다. 이상하게도 나는 멋지고 이해심 많은 엄마가 되고 싶지만, 현실은 고래고래 소리를 지르며 공부하지 않으려는 아이들과 실랑이를 벌이고 있다. 아이들이 스스로 공부하면 잘한다며 엉덩이를 토닥이고 칭찬해 줄 마음이 있는데, 그런 일은 현실과는 거리가 멀다. 이렇듯 현실 엄마는 아이들에게 지치고 살림에 서툴다. 아이들한테 잔소리하다 보면 정리해야 한다는 마음은 뒷전으로 사라지고 밥도 하기 싫다. 남편이 잘 도와주기라도 하면 좋을 텐데 내 얘기를 잘 들어주기는커녕 반찬 투정까지 하는 간 큰 남의 편이다. 이럴 때 지적이라도 당하면, 진짜 맞장구쳐 주고 내 편 들어주는 친구들이라도 만나서 생맥주와 수다로 기분을 전환하고 싶은 마음이 굴뚝같다.

생각이 꼬리를 물고 자꾸만 힘이 빠지려고 할 때, 머리를 흔들어 잡념을 떨쳐 낸다. 그리고 심호흡을 크게 한번 해 본다. 비교하지 말자! 어차피 깔끔한 그 집은 우리 집이 아니고 공부를 스스로 알아서 잘하는 아이들은 남의 집 아이들이다. 내가 살아가야 할 곳은 우리 집이고 우리 아이들은 사랑스럽다. 그리고 나는 내가 할 수 있는 한 최선을 다하면 되는 거다. 마음을 고쳐먹으며 어떻게 하면 좋을까, 나에게 맞는 방법은 무엇인지 고민해 본다. 누구나 손쉽게 할 수 있는 사진 찍고 15분 정리하기 방법을 소개한다.

정리하기 전 정리해야 할 장소의 사진을 찍는다. 옷이 쌓여 있는 안방 침대, 어지럽혀진 거실, 설거지 못 한 싱크대, 신발이 널려 있는 현관 어디라도 좋다. 현실보다 사진으로 찍힌 곳은 더 어지러워 보인다. 그렇지만 상관없다. 정리 후 사진과 비교하려고 생각하면 더 어질러져 있을수록 깨끗이 치웠을 때, 쾌감을 느낄 수 있다. 그리고 15분 타이머를 맞춘다. 천천히 정리해도 상관없지만, 생각이 많아질 땐 일단 타이머를 맞추면 바로 시작할 수 있다. 정리뿐만 아니라 무엇인가 해야 할 일은 있는데 하기 싫을 때, 시작해야 하는데 몸이 움직이지 않을 때, 가끔 사용하는 방법이다. 그리고 '오케이 구글'이나 '하이 빅스비'를 부르면서 '15분 타이머 맞춰줘!'라고 명령하면 기분이 좀 풀린다. '그래, 내 말을 듣는 애가 하나는 있구나!' 하면서.

첫 목표는 아주 작게 잡는다

일단 서랍 한 칸이나 책장 한 칸 정도로 작게 목표를 잡는다. 처음부터 큰 목표는 사람을 질리게 한다. 나는 15분 타이머가 울릴 때까지 버림 / 보관 / 나눔(판매) 세 가지로 빠르게 분류한다. 고민되는 것이 있으면 일단 보관함이나 고민 상자를 마련해서 그곳에 며칠 두어 보는 것도 좋다. 가끔 상자가 없다고 고민하는 사람들이 있는데 비닐봉지든 쇼핑백이든, 아니면 그냥 바닥에 분류하든 아무 상관이 없다. 지금 사용하지 않으면 아깝거나 비싼 것도 일단 버리는 쪽으로 결정하는 것이 좋다. 아무리 보관해도 사용하지 않는 건 결국 사용하지 않게 된다. 특히 추억과 관련된 물품은 본인들의 허락도 필요하고 왜 그렇게 처분하냐는 소리를 들어야 하므로 될 수 있으면 건드리지 않는 편이다. 특히 맥시멀리스트인 딸은 고장 난 것이나 예전에 한 번 사용하던 것도 버리지 못하게 하는 편이라서 이제는 버릴지 말지 상의하지 않고 잘 쌓아둔다. 혹시 물건의 개수가 많다면 같은 종류의 물건끼리 모아두면 좀 더 정리된 느낌을 줄 수 있다.

15분은 생각보다 길다. 그런데 이것저것 고민하느라고 정리를 많이 못 했을 수도 있다. 그러면 15분 정리를 한 번 더 실행하거나 아니면 널려 있는 쓰레기를 한 번 더 정리하면서 내일은 어디를 치울지 생각해 본다. 내가 이 칸에 있는 쓰레기를 혹시 저 칸에 옮겨 놓았을지 모르지만 그래도 오늘 15분 동안 열심히 치운 나를 칭찬해 주자. 아무도 보지 않는 틈을 타서 머리를 툭툭 쳐주면서 "참 잘했어." 하고 얘기해 주자. 어른이 된 나는 칭찬받을 일이 별로 없다. 그러니 가끔 나를 칭찬해 주는 사람이 없어도 우리는 스스로 대견하다고 할 필요가 있다. 아주 조금 깨끗해진 곳을 사진으로 찍어두고 정리 전 사진과 함께 비교해 보면 더 뿌듯해진다.

혹시 정리 메이트가 있다면 정리 전, 정리 후 사진도 보내주고 피드백을 받으면 좋다. 내 눈에 잘 보이지 않던 것도 다른 사람의 눈에는 보일 수 있다. 열린 마음으로 충고를 받아들인다면 더 정리를 잘할 수 있을 것이다. 다이어트도 함께하면 더 즐거운 것처럼 정리도 그렇다. 같은 마음으로 정리하는 카페나 블로그, 오픈 채팅방, 밴드 등이 많이 있으니 정리할 때 사진을 올려보는 것도 좋다. 혼자하면 금방 지치지만, 함께하면 즐거운 마음으로 오래 할 수 있다.

한국인의 영웅 안중근 의사의 명언 중 "하루라도 책을 읽지 않으면 입안에 가시가 돋는다."라는 말이 있다. 그러나 오늘날 "하루라도 휴대전화를 보지 않으면 입안에 가시가 돋는다."라는 말로 대체할 수 있을 만큼 많은 사람의 손에 책 대신 휴대전화가 들려 있다. 나 역시도 예외는 아니었다. 한때 문학소녀였던 나였지만, 휴대전화가 내 손에 들어온 이후, 휴대전화를 볼 시간은 있어도 책을 읽는 시간은 부족하다는 핑계를 대었다. 직장 생활을 시작하면서 더욱 책과는 멀어졌다. 일과 관련된 책은 보긴 했지만, 일을 떠나 순수하게 책을 읽는다는 것은 쉽지 않았다. 부끄럽지만 나의 독서 경험은 대부분 학창 시절에 읽은 책들로 한정되었다.

작년에 우연히 자녀 교육 관련 유튜브에서 "66일 독서 습관 만들기"라는 강의를 듣게 되었다. 이 강의는 66일 동안 매일 책을 읽으면 책 읽기 습관이 형성된다는 내용이었는데, 이 아이디어가 매우 흥미로웠다. 하지만 매일 책을 읽는 것은 쉽지 않다고 생각했다. 강의 종료와 함께 내 머릿속에서도 강의 내용은 잊혔다. 그런데 어느 날, 아이들과 도덕 수업을 하면서 '66일 독서 습관 만들기' 프로젝트를 시작해 보면 어떨까 하는 생각이 들었다. 먼저 아이들에게 책을 읽는 이유를 설명하고 함께 책 읽기 습관을 길러보자는 프로젝트 취지를 소개했다. 평소에 시간이 없다고 책만 쌓아두고 읽지 않는 나로서 취지를 설명할 때 살짝 찔리긴 했다. 그러나 내 설명이 설득력이 있었는지, 아니면 선생님이 부탁해서 그런지는 모르겠지만, 다행히 학생들은 긍정적인 반응을 보였다.

　무작정 '66일 동안 책을 읽자'고 하면, 자세한 설명이 필요한 초등학생의 특성상 성공을 거두기가 어렵다. 그래서 아이들과 함께 구체적인 방법에 대해 의논하고 규칙을 정했다. 우선 학생들에게 매일 실천 가능한 시간을 정하도록 했다. 시간은 최소 10분 단위부터 실천 능력에 따라 다양한 목표 시간을 설정하도록 하였다. 매일 책을 읽기가 어렵다고 생각한 학생들은 10분, 그래도 평소 책을 많이 읽는 친구들은 자신이 있는지 30분 이상을 목표 시간으로 정했다. 사실 책 읽는 시간을 정하는 것은 의미가 없다고 생각했다. 책을 만나는 과정이 어렵지, 일단 책으로 들어가면 자신이 정한 시간에 상관없이 더 읽을 수도 있기 때문이다. 다만 책을 스스로 읽는 습관이 형성되어 있지 않은 학생들에게 자신이 정한 시간 동안만이라도 책을 만나는 기회를 주기 위해서였다. 아이들에게 66칸이 그려진 달력을 집에서 가장 잘 보이는 곳에 게시하도록 하였다. 그리고 구체적인 방법을 온라인 알림장에 공지했다.

66일 책 읽기 습관 만들기

이름:

1일	2일	3일	4일	5일	6일
7일	8일	9일	10일	11일	12일
13일	14일	15일	16일	17일	18일
19일	20일	21일	22일	23일	24일
25일	26일	27일	28일	29일	30일
31일	32일	33일	34일	35일	36일
37일	38일	39일	40일	41일	42일
43일	44일	45일	46일	47일	48일
49일	50일	51일	52일	53일	54일
55일	56일	57일	58일	59일	60일
61일	62일	63일	64일	65일	66일

첫째, 66일 동안 매일 책을 읽기

둘째, 주말, 가족 여행 중에도 빼 먹지 않기

셋째, 자신이 정한 시간에 책을 읽을 때는 오로지 책에만
집중하기

넷째, 가족 여행 중 책이 없을 경우 전자책이라도 읽기

다섯째, 6일 정도는 빼 먹어도 괜찮으니 꾸준히 실천하기

그리고 매일 알림장에 '66일 독서 습관 1일 차, 2일 차, 3일 차…'를 적어 주었다. 처음에는 아이들을 위한 프로젝트로 시작했지만, 나 또한 함께 참여하면 좋을 것 같아 나의 책상 뒤에 있는 게시판에 66일 습관 달력을 게시했다. 교사로서 아이들에게 모범을 보여주기 위해 66일 독서 습관을 실천하여 선한 영향을 주고 싶었다. 더불어 가족들도 함께 참여하면 좋겠다는 생각에 습관 달력을 4장 인쇄하여 거실에 붙여놓고 가족들과 함께 실천했다.

66일 동안 책을 읽으면서 가장 힘들었던 것은 주말에 책을 읽는 거였다. 불타는 금요일에는 주중에 쌓인 피로로 인해 긴장이 풀어지기 때문에 마음을 다잡고 책을 읽기가 쉽지 않았다. 평일에는 TV를 잘 보지 않지만, 금요일 저녁에 좋아하는 TV 프로그램을 시청한 뒤에 책을 읽으면, 책을 읽는 것인지 아니면 책을 베개 삼아 조는 것인지 모를 정도로 잠의 유혹이 큰 장애물이었다. 토요일에는 외출하거나 미뤄둔 일들을 처리하다 보면, 정작 낮에는 책을 읽지 못하고, 잠을 청하다가 책 생각이 나는 경우가 많았다.

매일 책을 읽는 습관을 실천하는 것에는 여러 어려움이 있었다. 하지만 시간이 흐를수록 66일 습관 달력에 미션 완료라는 동그라미 수가 늘어갔다.

프로젝트 중간에는 아이들과 진행 상황에 관해 이야기를 나누는 시간을 가졌다. '꼭 잘 때 책 생각이 난다, 힘들지만 아직은 잘 실천하고 있다, 엄마가 잊어버릴 때마다 상기시켜 준다.' 등의 이야기를 나누었다. 이런 대화를 통해 서로가 겪는 어려움과 성취를 공유하면서 서로에게 힘이 되었다. 가족들과 함께 책 읽기 습관을 실천하고 있는 가족들이 생각보다 많았다. 아이들 편에 좋은 사례를 들으니, 마음이 뿌듯했다. 우리 집 아이들도 처음에는 책 읽기 프로젝트를 하는 데 불만을 가졌지만, 어느 순간부터는 스스로 책을 읽는 모습을 보여 주었다.

프로젝트 날짜를 사전에 계획하지 않았지만, 신기하게도 프로젝트를 마친 66번째 날이 바로 개학일이었다. 개학 이후 아이들에게 달력과 활동 소감을 적어 제출하도록 했다. 달력에 66개의 동그라미로 가득 채운 아이들이 많았고 간혹 몇 번 빼먹은 아이들도 있었다. 66개의 동그라미 모양은 서로 다르고 간혹 동그라미 사이에 X가 있기도 했지만, 66일 동안 열심히 실천한 노력의 흔적이 고스란히 전해졌다. 힘들었지만 매일 책을 읽는 자기 모습이 대견했다는 아이들의 소감을 읽고 가슴이 뜨거웠다.

우리 반 학생들의 독서 습관을 형성하고자 프로젝트를 시작했지만, 가장 큰 수혜자는 나 자신이었다는 사실을 깨달았다. 프로젝트를 하는 동안 나 역시 힘든 순간이 많았지만, 매일 책을 읽고 있는 나를 발견한 것이다. 자기 전에 휴대전화를 보면서 의미 없이 이것저것 검색하던 내가 학창 시절 문학소녀로 돌아간 것이다.

사람이 새로운 습관을 몸에 익히기 위해서는 66일이 필요하다고 하는데, 정말 신기하게도 프로젝트가 끝난 뒤에도 책 읽는 습관을 유지하고 있다. 책을 다시 사랑하게 된 나는 우연히 온라인 독서 모임을 알게 되었고, 나의 책 읽기 습관은 더욱더 견고해졌다. 더불어 독서 모임을 통해 한 달에 한 번 읽은 책에 대해 독후감을 쓰고, 다른 사람들과 책 내용에 대해 생각을 공유하고 있다. 바쁘거나 피치 못할 사정이 있으면 일주일에 한두 번 정도 빠뜨릴 때가 있지만, 지금까지 매일 짧은 시간이라도 책을 읽으려고 노력하고 있다. 66일 후에는 독서 후 습관 달력에 기록하는 대신 휴대전화 독서 기록 어플에 기록하고 있다. 잠자기 전 어플 달력에 오늘 읽은 책을 추가하는 버튼을 누를 때마다, 하루를 잘 보냈다는 뿌듯함을 느끼며 기분 좋게 잠자리에 든다.

작년에 이어서 올해도 아이들과 '66일 독서 습관 만들기' 프로젝트를 진행하고 있다. 작년과 다른 점은 매일 책을 읽는 선생님이 이 프로젝트의 취지를 학생들에게 떳떳하게 설명했다는 것이다.

김현호

한가한 주말 방에 누워서 가만히 있으면 이 세상 한량도 이런 한량이 없다. 얼마나 한가한지 누워서 일어날 생각은 안 하고 쭈뼛쭈뼛 주변을 두리번거린다. 움직이기 싫은 마음이 격렬하게 차오른다. 방에 널브러진 책들. 더 이상 올릴 곳 없이 꽉 차버린 빨래 건조대. 그제, 어제 입었던 옷이 걸려 앉을 수 없는 의자. 잡동사니로 가득한 책상까지. 방을 보니 이번 주가 꽤 정신없이 지나갔나 보다. 정신없는 한 주라 고개를 끄덕이며 주말의 한가함을 기꺼이 즐기려 하지만 머릿속에 할 일들이 떠오른다.

　더 이상 나태한 나를 용납해서는 안 된다. 이제는 정리해야 한다. 널브러진 책부터 빨래, 책상, 화장실. 한번 시작하면 멈출 수 없다. 쓰레기도 버리고 최대한 깨끗하게 정리해야 한다. 방의 나태한 분위기를 비워내야 한다. 한바탕 청소 전쟁을 벌이고 나니 마음속 평화가 찾아온다. 나태함을 비우고 개운함을 채운다.

　이렇게 복잡한 것이 있으면 비워내야 한결 나아진다. 얼마 전 친구를 만났을 때 일이다. 친구의 마음이 꽤 복잡해 보였다. 오전에 자신이 화난 일부터 시작해 마음속에 품고 있던 불만도 한껏 털어놓았다. 대체로 반려자님께서 타인에 대해 쉽게 평가하는데, 부정적인 언어가 동반돼 부정의 마음이 전이 되는 게 싫다는 이야기다. 예를 들어, 길을 걷다가 낯선 사람 중에 마음에 안 드는 행동을 하는 이를 보면 꼭 짚으면서 부정적인 언어를 꺼내고 지나간다고 한다. 가끔 이렇게 하는 것은 괜찮을 수 있지만, 이런 일이 매번 반복되면 듣는 이 입장에서도 얼마나 고역일지 이해가 됐다. 옆에서 잠깐 전해 들은 나의 마음도 불편해졌으니까.

식사가 마무리될 즈음 친구의 표정이 한층 밝아졌다. 반려자의 이야기다 보니 평소에 이야기 꺼내기가 마땅치 않았나 보다. 자기 생각을 마음껏 표현하고 나니 더욱 가벼워진 모습을 보였다. 마음속 복잡한 짐을 말함으로써 답답함을 게워낸 것이다. 그리고 그 빈자리는 이야기를 들으면서 공감하는 우리의 말과 표정을 통해 평온함으로 채워졌다. 우리의 마음은 이렇게 한 번씩 비워내야 숨 쉴 수 있는 틈이 마련된다.

마음은 어떻게 비울까?

우리는 버리고 비우는 일에 조금 더 적극적이어야 할 필요가 있다. 물리적인 공간이야 버리고 치우면 된다지만 마음은 어떻게 비워야 할까? 예로부터 마음은 무게를 형용하는 단어들과 함께 사용됐다. 마음이 무거워졌다. 마음이 가벼워졌다. 마음의 무게를 측정할 수 없다고는 하지만 우리는 알게 모르게 마음의 무게를 느끼고 있다. 마음속에 응어리진 것들이 느껴지기 때문이다. 이 응어리들을 게워 내려면 언어로 표현해야 한다.

　마음은 결국 생각으로 이어진다. 생각은 우리의 언어로 표현된다. 다시 말해, 마음속 응어리는 나의 언어로 정의될 수 있다. 이 응어리의 정체가 판별되면, 이제 그것을 밖으로 배출시켜야 한다. 내 친구처럼 말로 혹은 자신만의 글로 배출할 수 있다. 복잡하고 답답한 마음을 가지고 있었는데 이야기하거나 글로 표현한 후에는 한결 가벼워진다는 것을 느끼는 경험을 한 번쯤은 해본 적이 있으리라 생각한다. 마음을 표현함으로써 해방되는 것이다.

.

"버리고 비우는 일이 결코 소극적인 삶이 아니라 지혜로운 삶의 선택이다. 버리고 비우지 않고는 새것이 들어설 수 없다."　　　　　 – 법정, 『버리고 떠나기』

여러분이 적극적으로 이야기하고 쓰길 바란다. 더 지혜롭게 이야기하고 쓰길 바란다. 나는 비우는 방법으로 '쓰기'를 선택했다. 여러분만의 편한 방법으로 마음을 비워가면 좋겠다. 나만의 방법이 없다면, 혹은 쓰기가 어렵다면 간단히 '오늘 나의 마음은 _____야.' 정도로 표현해보는 것으로 시작할 수 있다.

다시 채움

마음을 비우는 과정은 '비움'으로만 끝나지 않는다. 다시 새로운 것으로 채워진다. 비운 곳은 자연스럽게 다른 마음으로 채워진다. 마음은 흐르기 때문이다. 나의 표현을 본 내가, 나의 표현을 본 누군가가 마음을 흐르게 한다. 물이 흘러 빈 곳을 채우듯 마음도 그렇다.

이왕 다시 채워지는 마음 누구나 더욱 예쁜 것들로 가득 채워지길 바란다. 이를 위해서 내 주변부터 다시 살펴보아야 한다. 나를 둘러싼 것들을 보며 내가 좋아하는 것이 얼마나 있는지 찾아본다. 사진, 그림, 볼펜, 인형, 문장. 무엇이든 좋다. 나를 과거에 즐겁게 했던 것은 현재에도 즐겁게 한다. 내가 좋아하는 모든 것은 지금의 나를 좋게 만든다. 나를 예쁘게 하는 것들을 쳐다보고 기억할수록, 머릿속으로 되뇔수록 나의 마음은 더욱 아름다워진다.

마음의 짐을 계속 안고 살아가면 그 무게를 견디지 못해 쓰러지고 말 것이다. 마음을 표현하고 살아가길, 그렇게 비워내며 살아가길 희망한다. 그 빈자리가 이 글로 시작해서 아름다운 것으로 가득 채워지길 바란다.

여름

2장

뜨거운 열정,
나를 성장시키는 힘

통증에서 벗어나는
나만의 방법

강윤성

─────── ✦ ───────

　좋아하는 연예인이 불러주는 노래가 위로되는 순간이 있었다. 나와 가까운 사람들의 따뜻한 위로도, 통증을 조금이라도 덜어주는 진통제보다도 더 강력한 위로가 되는 음악이 있어 견딜 수 있는 시간이 있었다.

　내 나이 서른세 살이었다. 지금으로부터 10년이 더 된 옛날이다. 낮이나 밤이나 오른쪽 정강이가 이유 없이 너무 아팠다. 그 통증은 뭐라 설명하기 참 힘들지만 잠을 잘 수도 없고 너무 아파서 눈물이 저절로 흘러내리는 고통이었다. 정형외과도 다녀봤지만 원인을 찾지 못했다. 그러다가 신경외과에서 CT를 찍게 되었고 디스크가 의심되니 큰 병원에 가 보라는 의사의 말을 듣게 되었다. 디스크가 뭔지도 몰랐던 나이였다. 허리디스크는 연세가 많으신 어르신들에게서나 발병되는 그런 병인 줄만 알았다. 의사가 뭔가를 잘못 알았겠지 하는 생각으로 척추 전문 병원에 가서 MRI를 찍었다. 4번과 5번 척추 사이에 흘러나온 디스크가 내 눈에도 확실히 보였다. 이렇게 흘러나온 디스크가 다리로 내려가는 신경을 짓누르기 때문에 오른쪽 정강이가 아팠다는 것이다. 이제야 왜 그렇게 아팠는지 알게 되었다는 안도감도 잠시, 얼른 수술해야 한다는 의사의 말에 6세 딸과 3세 아들 그리고 매일 나가야 하는 직장을 걱정했다. 나의 건강상 문제로 인해 다른 사람들이 감당해야 하는 부담이 많아지는 나이였다. 하지만 더 미룰 수도 없기에 직장에는 병가를 신청하고 아이들은 친정엄마께 부탁드릴 수밖에 없었다. 그렇게 폭풍 같던 나의 첫 시련이 지나갔다.

그 후 10년이 지나 다시 악몽이 찾아왔다. 10년 동안 꾸준한 운동, 체중조절을 계속 신경 썼기에 디스크라는 병을 잊고 살았다. 주말마다 산에 오르는 모임을 했고, 주 3회 PT를 했었다. 근육을 키워보겠다는 야무진 꿈을 가지고 생활하던 때 허리가 아프기 시작하더니 잊고 있었던 통증이 찾아왔다. '이렇게 아팠었구나!' 새삼스러웠다. 10년 전 다시 가고 싶지 않았던 그 병원에 갔다. 나의 수술을 담당했던 선생님은 어느새 병원장이 되어 있었다. 이번엔 왼쪽 디스크가 흘러나와 왼쪽 다리가 많이 아플 거라고 했다. 다시 직장을 쉬고 나의 몸을 다스려야 하는 시간이 찾아왔다. 그간 아이들은 자라서 나의 도움이 많이 필요하지 않았다. 다시 같은 수술을 하고 싶지 않아 여러 가지 방법을 찾기 시작했다. 유튜브에서 영상을 찾아보고, 관련 책자도 사서 읽어보았다. 결론은 통증을 잘 다스리며 기다리는 것이었다. 손가락이 베여서 피가 나면 아프듯이 디스크도 찢어져서 상처가 난 것이다. 손가락 상처도 아물고 딱지가 생기듯 디스크도 언젠가는 아물고 딱지가 생긴다는 것을 알게 되었다. 문제는 그 시간 동안의 통증을 견디는 것이다. 약을 먹지 않고 견디면 좋겠지만 통증이라는 것이 간단히 참을 수 있는 범위를 넘어선다. 바르게 누워서 잠을 잘 수도 없고, 오랫동안 앉아 있을 수도 없다. 서서 걸으면 좀 나아지지만 그 또한 오래 할 수 없다. 힘든 시간이 밤낮 할 것 없이 계속된다. 책을 읽으려고 해도 집중이 안 되고 짜증만 가중된다. 통증으로 인해, 하고 싶은 것을 제대로 하지 못하면서 가지 않는 시간을 견디는 것은 참 어려운 일이다.

그래도 통증을 견디고 시간을 보낼 방법을 찾아야 했다. 나는 이 시간을 드라마를 보며 보냈다. 이런 나를 보며 아들은 "엄마, 이제 할머니 다 됐네. 드라마도 보고…."라며 놀리기도 했다. 드라마는 나에게 아픔의 시간을 잠시나마 잊게 해주는 활력소가 되었다. 드라마를 보다가 한 배우의 팬이 되었다. 그러다 우연히 그 배우가 부른 노래를 듣게 되었다. 바로 아이유의 〈Love poem〉이었다.

"I'll be there 홀로 걷는 너의 뒤에
Singing till the end 그치지 않을 이 노래"
– 아이유, 〈Love poem〉

내가 좋아하는 배우가 불러주는 노래는 위로의 음악 같
았다. 끝이 없는 통증을 견디고 견디는 나에게 끝은 있을
테니 견디어 보라고 그 끝에서 내가 서 있겠다고, 보이지
않는 그곳에서 항상 지켜주겠다고 속삭이듯 불러주는 그
노래가 정말 많은 힘이 되었다. 마흔이 넘은 아줌마이지만
그 노래를 듣고 있는 시간 동안엔 내가 좋아하는 배우를
동경하는 소녀가 되어 있었다. 그리고 지금 나에게 찾아온
고통의 시간도 견딜 수 있다는 위로를 받는 시간이었다.

예전에 라디오에서 들은 사연이 생각난다. 정신과 전문
의가 나와 상담을 해 주는 코너였는데 가수 임영웅을 너무
좋아하는 아내 때문에 힘들어하는 남편의 사연이었다. 정
신과 전문의의 말은 남편이 전혀 힘들어할 것이 아니라 오
히려 임영웅 씨에게 감사해야 한다는 것이다. 박사님이 말

하기를 아내는 임영웅 씨 덕분에 그 힘들고 어려운 갱년기를 즐겁게 이겨내고 있는 것이니 괴로워할 게 아니라 오히려 고마워해야 한다는 것이다. 사연을 통해서 육체적인 고통을 정신적인 즐거움으로 이겨낼 수 있다는 사실을 알게 되어 참 놀라웠다.

　아프기 전에 나는 시간을 쪼개어 운동, 책, 나의 소질 계발에 무던히 애쓰는 사람이었다. 음악을 듣거나 텔레비전을 보는 시간은 사치이고 시간을 버리는 것이라고 나를 옭아매기도 하였다. 그런 시간이 아깝다고 생각하기도 하고 한심해 보이기도 했던 것 같다. 아플 때는 이렇게 하지 못하는 나 자신이 너무 싫어서 아프기 전에 하던 습관대로 하려고 나를 괴롭히던 때도 있었다. 그렇지 않아도 아파서 힘든데 그런 나를 괴롭히는 나 자신 때문에 더 힘이 들었다. 나를 다그치지 말고 좀 놓아줄 필요가 있었다. 아플 때는 좀 위로해 주고 쉬어도 좋다고 보듬어 줄 필요가 있었다. 좋아하는 것을 부정하지 말고 아무 생각 없이 좋아하고 그 시간을 온전히 나의 것으로 받아들일 때 힐링과 치유가 된다.

많은 일들은 왜 항상 한꺼번에 나를 쫓아오는 것일까? 분명 하루 종일 부지런히 움직인 것 같은데 해야 할 일의 목록은 여전히 줄어들지 않았다. 잠들기 전까지 발바닥이 닳게 움직였는데 왜 이런 걸까? 잠을 줄여야 하는 걸까? 의식이 있는 동안 더 부지런하지 못하기 때문에 해야 할 일이 계속 줄어들지 않고 나를 쫓아오는 거겠지? 도대체 뭐가 문제일까? 고민스러워졌다. 그리고 경쟁에서 살아남지 못해 뒤처질까 두려웠다. 누군가가 나에게 '아직도 이

거밖에 못 했니? 남은 건 다 언제 할 거니?'라고 책망하는 것만 같았다.

하루 중 해야 할 일의 총량이 있다고 위안하며 살았지만, 마음 한구석에는 괴로움이 있었다. 사람에게 주어진 일의 종류에는 하지 않아도 상관없는 일들도 있지만 호흡하듯 해야 하는 먹고사니즘에 관련된 일들이 있으니까 말이다. 하루 종일 일을 했고 아이러니하게도 이렇게 쫓기듯 일을 마친 후 나에게는 공허함과 피곤함이 찾아왔다.

그러던 중에 직장에서 자기 계발 연수를 듣게 되었다. 박재현 소장님의 시간 관리 연수를 듣는 중에 '농부 이야기'가 마음에 많이 와닿았다. 농장의 농부는 무척 바빴다. 그날도 농장 일로 바쁜 와중에 트랙터에 기름을 넣으러 가고 있었다. 그런데 돼지가 배가 고파 꿀꿀거리는 소리가 들렸다. 농부는 그 순간 배고픈 돼지에게 감자를 먹이로 주러 가야 했다. 트랙터에 기름을 넣으러 가는 중이었다는 사실도 잊은 채 돼지에게 먹이를 주러 가던 농부에게 닭장이 무너져 닭이 탈출했다는 소식이 들렸다.

    소식을 들은 농부는 돼지에게 먹이를 주려던 사실을 잊은 채 탈출한 닭을 잡으러 가기 시작했다. 그런데 탈출한 닭을 잡으러 가던 농부는 닭장 옆에 있는 나무들을 보고 방금 하려던 일을 잊은 채 저녁에 쓸 땔감을 패기 시작했다. 저녁이 되자 농부는 자신이 한 일이 아무것도 없다는 것을 깨달았다. 농부는 하루 종일 바빴지만 제대로 해낸 일이 없었다. 우리가 바쁘다고 하지만 그 바쁨이 우리 인생의 무엇인가를 이루어 내는 것은 아니었다. 그리고 바빠서 아무것도 못 했다고 하는 말도 결국 자신이 책임져야 한다. 소장님도 바쁜 직장 생활 중에 농부 이야기를 듣게 되었는데 이 이야기를 듣는 순간 갑자기 정신이 번쩍 들었다고 했다. 나도 소장님처럼 이야기를 듣는 순간 정신이 번쩍 들었다. 내가 바로 이야기 속의 농부였기 때문이다.

    버거웠던 일상 속에서 접하게 된 농부 이야기는 나에게 충격적이었다. 나는 하루하루 살아내는 삶이 버거웠다. 이러다가 나에게도 사람들이 말하는 번아웃이 찾아올 것 같았다. 나는 매일 쫓기는 상태로 살아가는 나를 그냥 내버려 두고 싶지 않았다. 농부로 살지 않으려면 어떻게 해야 할까를 고민하고 연수에서 들었던 방법을 적용하기 시작했다. 소장님께 들었던 인생 관리 시스템 방법 중에서 내가 일상생활에 적용할 수 있는 점들을 접목했다.

농부에서 벗어나기

먼저, 내가 해야 할 일의 목록을 적었다. 연수에서는 하루 동안에 해야 할 일의 목록을 적는데 생각보다 시간이 오래 걸리지 않는다고 했다. 하지만 나는 할 일 목록을 적는데, 시간도 오래 걸렸고 새벽에 일찍 일어나서 나만의 시간을 만드는 것도 어려웠다. 그래서 충분히 자고 일어나 아침에 생각나는 대로 그날 해야 할 일의 목록 적기를 시작했다. 그리고 하루를 시간대별로 나누었다. 대부분의 직장인이 그러하듯이 대략 9시에서 5~6시까지는 직장에 묶여 있는 시간이었고 업무와 업무 사이에 쉬는 시간이 있었다. 해야 할 일의 목록을 적고 업무 시간 혹은 쉬는 시간에 할 수 있는 것들이 있으면 그 시간에 넣어서 처리해 보았다. 하루의 일과를 적을 때 일이 잘 처리되기를 간절히 바라며 그날 해야 할 목록을 영화처럼 머릿속으로 상상해서 이미지화하기도 했다. 그리고 오후에는 일을 계획대로 마치면 해야 할 일에서 목록을 삭제하고 남은 일의 목록을 다시 정리하여 적었다.

　하루의 일정을 기록하거나 할 일 목록을 적는 것은 시중에 나와 있는 다양한 플래너나 다이어리를 골라 활용하면 된다. 나는 사용하지 않는 공책, 메모지 등 종이라면 어떤 것이라도 활용했다. 그리고 하루가 지나면 그날의 기록을 별도로 보관하거나 남겨두지 않았다. 그날의 일을 잘 마쳤으면 그날로 기록한 종이는 파기했다. 하루가 지났지만 아직도 해결해야 할 일이 있다면 그 항목만 접착 메모지 등에 기록하여 냉장고, 책상, 화장대 등 잘 보이는 곳에 붙여 놓았다.

인생이 계획한 대로 되지 않듯이 이렇게 할 일 목록을 적고 시간을 배분해도 막상 시간을 살아내다 보면 게을러지고 갑자기 다른 변수들이 생겨나기도 한다. 하지만 신기하게도 하루가 마무리될 즈음 돌아보면 신기하게도 종이에 적었던 일들은 나도 모르는 사이에 완료되어 있었다. 업무로 피곤해서 컨디션이 좋지 않았던 때도 오전에 적었던 일은 어느 사이엔가 마치고 퇴근할 때가 여러 번 있었다.

　이런 시간을 보냈으니 이제 농부의 생활에서 벗어났느냐고 묻는다면 나는 아직도 우선순위 없는 분주함과 싸우고 있다고 답할 것이다. 언제쯤 농장 안만 종종거리며 돌아다니는 분주한 농부에서 벗어나 농장의 모든 일을 총괄하고 내다보는 농장주로 살아갈 수 있을까? 애써서 하루하루 노력하지만 그럼에도 불구하고 내 모습은 한심스러울 때가 있다. 하지만 나는 기록의 힘과 매일 쌓이는 노력을 믿는다. 펜을 들고 종이에 적어내는 그 순간, 한 번뿐인 내 인생을 제대로 살고 싶어 한다는 사실과 지금 주어진 시간과 기회가 누구에게나 쉽게 올 수 없는 것임을 떠올린다. 경쟁에서 도태되고 스스로 자신을 비판하는 순간에도 나는 이렇게 여기서 끝낼 수 없다고 이야기한다. 그리고 내게 주어진 삶이 여전히 살아볼 만한 것임을 떠올린다. 적는 자는 살아남는다. 자세히 구체적으로 자기에게 주어진 일들을 적는 자는 세상에서 살아남을 확률이 더 높다! 지금 당장 종이와 연필을 들고 당신의 하루를 적어보자. 후회하지 않을 것이다.

Class101사이트, 박재현, '미루는 습관을 이기고 완벽한 하루를 만들어줄, 인생 관리 시스템'

* 박재현 소장님의 강의를 교원학습공동체 연수에서 접하였고 그것을 기반으로 이 글을 쓰게 되었음을 밝힙니다.

"여기 봐 여기~." "김치~." "하트~!"

　날이 선선해진 요즘, 저녁을 먹고 발이 닿는 대로 산책하러 나간다. 그러다 보면 여기저기서 신나는 여럿의 목소리들이 많이 들려온다. 귀엽게 자세를 취하고 있는 아이와 그 모습을 휴대전화에 담고 있는 엄마의 모습. 다른 강아지와 만나서 즐거워 보이는 포메라니안과 그 모습을 찍는 주인의 모습. 서로 손을 잡고 하트 조각상 앞에서 셀카를 찍는 어느 커플의 모습. 모두 행복하고 즐거운 모습들이다. 그런데 왜 우리는 사진을 찍는 것일까?

　중학교 때, 나는 친척을 만나러 캐나다로 가서 한 달 정도 머문 적이 있었다. 비행기 타는 것도 신기했을 텐데 비행기를 탄 기억은 전혀 나지 않는다. 하지만 내 손에 카메라가 있었다는 것은 뚜렷이 기억난다. 회색에 플래시도 달려있고, 렌즈도 조절할 수 있는 그런 디지털카메라였다. 그런 카메라로 찍는다니, 얼마나 즐거웠는지 모른다. 캐나다에서 오랜만에 만난 친척과 여기저기 함께 여행을 다니고, 공부도 하며 다녔는데, 손에는 늘 카메라가 있었다. 그 중에 제일 기억에 남았던 곳은 '부차트 가든'이라는 유명한 정원이었다. 그곳은 여러 가지 테마로 꾸며진 정원 여럿이 합쳐진 곳이라 정말 넓었다. 그래서 아침에 기차를 타고 들어가 저녁에 나오는 코스로 온종일 구경했다. 내가 정말 좋아하는 것이 꽃, 나무, 풍경을 찍는 것이라 얼마나 즐거웠는지 모른다. 시간이 가는 것도, 해가 지는지도 모르고 열심히 구경하고 열심히 찍었다.

귀국하고 나서 인화해야 한다는 것을 잊고 있다가, 두 달 정도 지나고 인화했다. 그때는 그렇게 많이 찍은 줄도 몰랐는데, 인화를 해놓으니 그 사진의 두께가 얼마나 두껍던지 인화해서 앨범을 여러 권 사서 정리하느라 정말 힘들었다. 그런데 그러다 정말 멋진 사진을 발견했다. 찍을 당시에는 멋지다고 생각하지 않았고, 인상 깊을 것이라고도 생각하지 않았던 사진이었다. 그 사진은 부차트 가든의 꽃도, 나무도, 분수도 아니었다. 바로 나와 함께 했던 사람들의 사진이었다. 그것을 본 순간, 내가 그때 느꼈던 감정들, 사건들이 내 몸을 휘감은 것처럼 떠올랐다. 그 사진이 나를 다시 그 순간에 데려다준 것 같았다. 그저 잠깐 하루 동안 여행을 함께 했던 사람들과의 기억들이 선명하게 떠오르는 것이다. 순간 문득 깨달았다.

'아, 사람들이 이래서 사람을 찍는 거구나.'

　사람은 서로 의사소통하며 감정과 생각을 공유한다. 우리는 매 순간순간의 마음을 머릿속 기억에 남기고 있다.

너무 많은 기억이라 잊고 살다가 순간 포착된 장면을 사진으로 보면 그 순간이 내 머릿속에서 한 편의 영화처럼 살아나는 것이다. 그래서 사람을 찍은 사진에는 내가 그와 함께 했던 상황이, 기억이, 향기가, 맛이, 마음이, 우리의 추억이 담겨 있다.

　그래서 이제는 자연보다는 사람을 찍는 것을 더 좋아한다. 그 사진에 담겨 있던 그 추억을 꺼내어 느끼기 위해서다. 실제로 일주일에도 몇 번씩 남편과 사진을 보며 추억을 곱씹는다. 몇 년 전, 남편과 함께 여행을 다녀온 사진을 열어보며 우리가 이 여행에서 얼마나 웃었는지, 심각했는지, 미안했는지, 즐거웠는지 이야기를 나누며 행복을 나누기도 한다. 그때 갔던 곳을 떠올려 보면서, 그때는 말하지 못했던 뒷이야기도 술술 나오기도 한다. '이때 진짜 재밌었는데, 또 가자. 지금 가면 더 재밌을 거야.'라고 미래도 꿈꾼다. 그래서 사진을 보면 지금의 나도, 우리도 행복해진다.

지금의 나는 아름다운 자연의 사진보다, 함께하는 사람과의 추억을 꺼내어 볼 수 있는 우리의 사진이 더 좋다. 그래서 오늘도 내 휴대전화 속에는 오늘의 즐거운 기억이 스며든 사진들이 추억으로 남겨져 있을 것이다.

　오늘이 가기 전에 내 옆의 사람들과 사진을 찍어보면 어떨까?

❀

"하루에 하나씩 모험을 하라. 하고 나면 기분이 엄청나게 좋아지는 사소하거나 과감한 행동을 감행하라." 세라본 브래닉의 『혼자 사는 즐거움』이라는 책에 나오는 말이다. '오늘은 어떤 재미있는 일을 해볼까?'라는 질문을 던지며 하루를 시작한다. 재미있는 하나의 일이 나의 하루를 기대하게 만들고, 즐겁게 만든다. 하루가 즐거워지면 매일이 기쁘고, 내 인생이 행복으로 가득 찰 것이기 때문이다.

매일 저녁 똑같이 걷던 산책 코스를 반대 방향으로 걸어 본다. 반대로만 걸었을 뿐인데 모든 것이 다 반대이다. 계속 살던 동네인데도 오늘따라 참 새롭게 느껴진다. 내일은 주택가 쪽으로 걸어 볼까? 새로운 코스도 생각해 본다. 약간의 변화로 산책에 재미가 더해졌다. 출근 방법을 바꾸어 보는 것도 좋다. 자가용에서 버스나 자전거로 교통수단을 바꾸어 보거나 걸어서 출근해 보는 것이다.

'이번 주에는 누구와 무얼 해볼까?' 만나기도 전에 입가에 미소가 번진다. 선선한 가을바람을 맞으며 바다가 보이는 곳으로 가서 피크닉을 해볼까? 멋진 공연을 보러 가볼까? 오랜만에 등산을 해볼까? 일주일에 하나 정도는 즐거운 약속을 잡아둔다. 그 약속을 기대하며 지내다 보면 시간이 금방 흘러간다.

가까운 곳으로 여행을 가보는 것도 좋다. 멀리 가는 것만이 여행이 아니다. 내가 사는 지역에서도 내가 가보지 않았던 곳을 가보면 새롭다. 드라이브를 가도 좋고, 등산을 해도 좋다. 낯선 풍경은 항상 우리를 설레게 한다. 새로운 공간에서는 긍정적인 마음이 싹트기 마련이다. 가까운 근교로 가서 맛있는 음식을 먹다 보면 단조로웠던 일상에 변화도 생기고, 새로운 아이디어도 떠오를 것이다.

　무엇이든 새로 시작하는 것은 재미있다. 대학 시절부터 배워 보고 싶었던 드럼을 미루고 미루다 서른 살이 되어서 배우기 시작했다. 기본적인 리듬을 익힌 뒤에 좋아하는 노래를 들으며 드럼을 연주하니 정말 꿈만 같았다. 유화를 처음 배웠을 때도 마찬가지이다. 붓에 물감을 듬뿍 묻혀, 고흐 작품을 차근차근 따라 그리는 그 시간이 정말 좋았다. 이처럼 배워보지 않았던 것들을 새롭게 시도하다 보면 하루에 활력이 생긴다.

　'오늘은 어떤 모험을 했어?' 학교를 다녀온 아이에게도, 회사를 다녀온 남편이나 아내에게도 이렇게 물어본다. '오늘은 누구랑 싸웠어?', '오늘도 힘들었지?'와 같은 말들은 부정적인 것들을 떠올리게 해서 서로의 힘을 빠지게 만든다. 여행을 다녀온 친구에게 어떤 질문을 먼저 하는가? '여행 어땠어? 재미있었어?'라는 말이 먼저 튀어나오지 않는가? 하루를 보내는 것도 여행이다. 여행 속에 모험이 있는 것처럼 우리들의 하루 속에도 모험 거리가 가득하길 바란다. 서로에게 오늘의 모험은 어땠는지 물어봐 준다면, 이보다 더 멋지게 하루를 마무리하는 방법은 없을 것이다.

중국어를 뭐 하러 배워

'영어도 완벽하게 못하는데 웬 중국어?' '중국어를 배워서 어디에다 쓰려고?' 공부할 마음을 먹었다가도 이런 말들을 들으면 순간 생각에 잠긴다. '나는 무엇을 위해 중국어를 배우고 있지?'

하나를 배우면 하나의 길이 열린다고 했다. 하나의 길이 열린다는 건 내 인생에서 즐길 거리가 하나 더 늘어나는 것이다. 얼마 전 대구로 가는 기차 안에서 중국어를 들었다. 두루뭉술하게 그저 외국어로 들렸던 안내방송이 또

렷하게 해석이 되어서 내 귀에 박혔다. 순간 너무 놀랐고, 나 혼자만 아는 비밀이 생긴 것처럼 기분이 좋았다. 평소에는 그냥 지나쳤던 식당 간판에 적힌 한자도 이제는 중국어로 읽을 수 있다. 옆 테이블에서 이야기를 나누는 중국인들의 이야기에 귀를 쫑긋 세우기도 한다. 중국어가 아니라도 무언가를 배우면 우리는 그것을 더 잘 알아차리게 된다. 악기를 배우면 그 악기 소리에 귀를 기울이게 되고, 그림을 배우면 그림 작품에 한 번 더 눈길이 간다. 이처럼 우리는 배움을 통해 더 생생히 살아 있는 새로운 세상을 마주한다.

중국어를 배워 두면 나에게 무슨 일이 펼쳐질까? 준비된 자에게 기회가 온다고 했다. 중국 여행을 가서 좋은 친구를 만날 수도 있고, 길에서 만난 중국인에게 도움을 줄 수도 있다. 중국에 있는 국제학교나 한국에 있는 국제학교에서 근무하는 상상도 해본다. 영어 공부 하나만 했는데도 수많은 기회가 내 눈 앞에 펼쳐지는 것을 경험했기에 나는 중국어도 분명히 나에게 멋진 세상을 보여줄 거라 믿는다.

다양한 언어를 구사할 줄 아는 사람들을 Polyglot(폴리글랏)이라고 한다. 처음 그런 사람들을 알게 되었을 때 특별한 능력을 가진 사람처럼 부러웠다. 하지만 한 영상을 보고 알게 되었다. 그들도 우리와 똑같은 사람이라는 것을. 다만, 그들은 언어를 배우는 자신만의 즐거운 방법을 가지고 있었다. 자신이 좋아하는 드라마, 영화, 책 등의 콘텐츠를 활용하거나 온라인으로 외국인 친구를 만나는 등 흥미로운 방법을 쓰는 동시에 단어 암기, 듣기 훈련을 위해 습관을 만들고, 생활 속에서 언어 공부를 지속하고 있었다. 무엇보다 중요한 것은 학습 동기였다. 하고 싶은 마음이 있어야 한다. 잘하고는 싶은데 하고 싶은 마음이 없다면 나에게 작은 보상을 해주거나 과거의 나와 비교하면서 스스로 종종 칭찬을 해주는 것이 필요하다.

언어 공부, 어렵게 생각하면 어렵고, 쉽게 생각하면 쉽다. 어린아이가 말을 배우듯 많이 듣고 사용하다 보면 느는 것이 언어이다. 어느 정도의 수준을 구사할지는 자신의 선택이다. 일상 대화 수준을 원하면 어느 정도의 질문

유형과 시제, 기본 문법만 알면 된다. 여기에 다양한 단어만 더하면 되는 것이다. 단어를 많이 몰라서 언어가 어려운 거라면, 단어만 더 외우면 된다. 공부하는 책을 수시로 펼쳐서 읽고, 모르는 단어들을 반복해서 손으로 쓰다 보면 생소했던 단어가 점점 익숙해진다. 그런 경험을 한 다음부터는 그 방법을 믿고 지속하면 된다.

한 의사는 무엇을 할 때 항상 어떻게 하면 더 효율적으로 빨리 해낼 수 있을까를 고민한다고 한다. 하루에 딱 한 시간만 언어 공부 시간이 주어진다면 당신은 무엇을 어떻게 할 것인가? 단어 50개를 1시간 안에 외우려면 어떻게 해야 할까? 이런 고민을 하다 보면 공부가 게임처럼 즐거워질 것이다. 늘어지는 시간도 없고, 우리의 뇌는 더욱 쫄깃해진다. '카페에 가서 단어 50개 외워 오기', '도서관에 가서 3시간 안에 듣기 파트 끝내기'와 같은 미션을 스스로에게 주고 집을 나서 본다. 쉽고 재미있게 언어를 익힐 수 있는 방법들을 다양하게 시도해 보며 나에게 맞는 방법을 찾는다.

이영진

❋

    얼마 전 거절당하기 프로젝트를 진행한 유튜버 얘기를 들으면서 '누구나 거절당하는 걸 두려워하는구나.' 하고 생각한 적이 있다. 지아장은 2012년 100일간 스스로 거절당할 일을 찾아다니는 일명 '거절당하기 프로젝트'를 진행한 유튜버이다. 그는 프로젝트 실행 후 책을 내고 여러 강연을 하게 된다. 그가 시도한 부탁은 처음 보는 사람에게 100달러를 빌리거나 같이 저녁 먹자고 하기, 오륜기 모양의 도넛 만들어 달라고 하기, 남의 집 뒷마당에서 축구 경기를 할 수 있도록 부탁하기 등 거절당하는 것이 목적이라 얼토당토않은 것들이 대부분이었다. 그렇지만 거절당하기 프로젝트를 통해 그는 점점 대담해졌고 거절이 주는 고통과 수치심으로부터 자신을 둔감하게 만들었다. 그는 그 과정에서 우리가 막다른 길이라 생각했더라도 원하는 것을 말할 때 가능성이 열릴 수 있다는 것을 발견하게 되었다고 고백했다.

또 다른 사례가 있다. 남기자의 50일 동안 '거절당하기 체험'은 상대방에게 피해를 주지 않는 선에서 부탁 리스트를 정하고 거절당한 뒤 '실험'임을 밝히기로 했다. 친구에게 돈 빌리기, 래퍼에게 랩 가르쳐달라고 하기, 시민들에게 비타민 나눠주기 등 처음에는 몸과 마음의 피로 때문에 힘들었지만 여러 번 하니 부탁이 편해지고 거절당해도 기분이 크게 상하지 않았다고 한다. 그리고 거절당할까 긴장했던 두근거림이 '또 뭘 해 볼까?' 하는 유쾌한 두근거림으로 바뀌며 즐기고 있다는 느낌까지 든다고 했다.

누구나 거절은 싫다

부탁과 거절은 동전의 양면과 같다. 부탁했기 때문에 거절당할 수도 있는 것이다. 부탁해야 할 일이 생겼을 때, 부탁하지 않고 조용히 참고 넘어갔다면 거절당할 일도 없다. 그리고 아무 일도 일어나지 않는다. 내 마음에 어떤 요구가 있었는지 나도 모른 채 지나가는 일도 허다하다. 내 안의 요구를 잘 듣고 상대방에게 한 번 부탁해 보자. 어떤 부탁을 했을 때 거절당하면 기분이 나쁘고, 심할 경우 거절한 그 사람을 다시는 만나고 싶지 않을 때도 있다. 그렇게 힘든 부탁도 아닌 것 같은데 왜 거절했을지 이유를 생각하기보다는 그저 거절당했다는 상황에 기분부터 상하는 경우가 더 많다. 그래서 부탁을 해야 할 때, '한 번 만나고 말 사람인데 한 번 얘기해 볼까?' 하고 생각하기로 마음먹었다. 나도 거절할 수 있고 상대도 자신의 상황에 따라 거절할 수 있다고 생각해 보면 어떨까?

- 스튜디오에 우정사진을 찍으러 갔다. 잘 나온 사진이 너무 많은데 세 장만 보정 후 보내준다고 한다. 사장님한 테 찍은 사진 모두 메일로 보내줄 수 있는지 물어본다.
(원본 사진에 대한 추가요금을 내거나 거절당할 수 있다.)
- 셀프주유소에 가서 주유하는데 원활하게 잘되지 않는다. 혼자서 끙끙거리지 말고 직원에게 방법을 알려달라고 한다.
(바빠서 안 된다고 할 수 있다. 그러면 옆에서 하는 아저씨에게 도움을 요청할 수 있다. 능숙하게 처음부터 잘하는 사람은 없다. 누구나 처음일 때가 있다.)
- 창문과 방충망 오염 정도가 심해서 공동주택 협의회에서 전체 건물 유리창 청소를 건의한다.
(예산이 없어서 안 된다고 할 수 있다. 그래도 필요성에 대해서 의논한다면 언젠가 예산이 있을 때 유리창 청소가 우선순위가 될 것이다.)

위 사례는 모두 거절당할 것을 각오하고 해 본 부탁이었다. 원본 사진 요구와 셀프주유소 주유 방법은 즉시 해결되었지만, 전체 건물 유리창 청소는 건의한 지 석 달 후에 이루어져서 신기하기도 했다.

되면 좋고 안 되면 말고

부탁할 때 항상 안 될 수 있다고 미리 생각하면, 거절당해도 별로 타격이 없다. 반대로 우리도 누군가 부탁했지만, 상황이 안 될 때 충분히 거절할 수 있다. 그리고 누군가 부탁을 들어준다면 바로 문제가 해결된 것이니 더 좋다. 그로 인해 자존감은 더 높아진다. 그리고 지아장의 말도 안 되는 오륜기 도넛을 어떤 매장에서 만들어 주는 것을 보고 우리 생각보다 사람들이 더 친절하다는 점을 알게 되었다. 미국에서도 그런데 심지어 언제든지 도와주려는 마음이 가득한 한국 사람들한테 부탁하는 건 조금 더 쉽지 않을까? 남기자는 '노인 체험'과 '폐지 줍기 체험'을 위해 메이크업 숍에 노인분장을 해 줄 수 있는지 물었고 쉽게 승낙을 받게 된다. 거절당할 줄 알았지만, 좋은 취지의 기사라며 협조해 주겠다고 했다.

한 어린이가 자전거를 꺼내다가 넘어뜨린 상황에서 함께 일으켜 주지 못한 것에 대해 한동안 미안했다. 휴대전화를 보면서 한자리에 머물던 외국인 가족을 도와주지 못하고 모른 척했던 것이 아직도 마음 한구석에 남아 있다. 어느 장소를 찾지 못해서 헤매고 있었던 건 아니었는지 걱정이 되기도 했다. 그런 상황에서 그들이 만약 도움을 청했다면, 진심으로 마음을 다해 도와주었을 것이다.

가끔 어쩔 수 없는 상황에서 하게 된 부탁으로 인해 당면한 문제를 쉽게 해결할 때도 있었다. 은행에서 해당 요일이 아닌데도 동전을 바꿔 달라고 부탁하거나, 거의 폐점 시간이 다가올 때 마트에서 급하게 필요한 물건을 살 수 있느냐고 물어볼 수 있다. 물론 안 된다는 거절은 각오해야 한다. 그리고 그에 대해 상처받지 않고 아무렇지도 않게 '그럴 수도 있지.'라고 생각해야 한다. 그리고 NO라는 대답을 YES로 바꾸려면 어떻게 해야 할지 방법을 생각해

볼 수 있다. 거절당하기 전에 부탁하는 이유를 만들어서 설명하면 거절당할 확률이 조금은 줄어든다. 예를 들자면 오늘 생일인데 오륜기 모양의 도넛을 만들어 줄 수 있겠냐고 부탁하는 것이다.

누군가가 나에게 부탁하면 들어주려고 노력하게 되어 있다. 그러니 거절을 두려워하지 말고 부탁해 보자. 원하는 것을 얻기 위해 도전하고 거절에 쿨하게 반응하는 당신, 두려움을 버리고 인생에서 조금만 대범해진다면 새로운 세계를 경험하게 될 것이다.

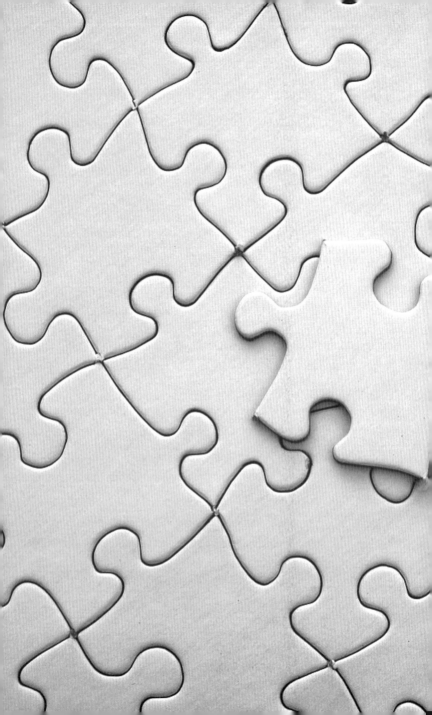

자신감이
바닥을 쳤었던 순간

둘째의 천진난만한 표정을 볼 때마다, 잊고 있었던 나의 이야기가 떠오른다. 교대를 졸업한 후, 운이 없었는지 아니면 실력이 부족했는지 임용 시험 결과가 만족스럽지 않았다. 어린아이를 키우면서 공부를 한다는 것이 쉽지 않다고 위로하면서도, 그 당시 나의 자존감은 더 이상 바닥을 칠 때가 없을 만큼 지하 깊숙한 곳에 숨어 있었다. 해마다 동기들의 합격 소식을 들으면서, 나의 자존감은 더욱 떨어졌고, 이는 인간관계의 단절로 이어졌다. 지속적인 실패로 인한 우울감, 무력감은 가족들에게도 영향을 미쳤다. 하지만 도저히 포기할 수 없는 미련으로, 그해도 큰아이를 키우면서 임용 시험을 준비했다.

그런데 그때 생각하지 못했던 둘째가 찾아왔다. 소중한 생명이 내게 와서 감사한 일이었지만 마냥 기뻐할 수만 없는 현실에 걱정 또한 더해졌다. 첫아이 때 입덧으로 상상을 초월할 만큼 많은 고생을 했었다. 역시 둘째도 예외는 아니었다. Ctrl+C, Ctrl+V를 떠올리게 할 만큼 첫째 때 못지 않은 심한 입덧이 나를 힘들게 했다. 첫째를 돌보지 못하는 것은 물론이고, 속을 채우기 무섭게 내 위장의 모든 것이 빠져나와 나 자신을 돌볼 힘조차 없었다. 수액을 맞으러 병원에 가는 것이 일상이 되었다. 시간이 약인 것처럼, 그렇게 나를 휘두르던 입덧이 7월이 접어들자 신기하게도 잦아들기 시작했다. 이야기 구조에서 절정과 위기 이후에 해피엔딩이 있듯이, 내게도 그 순간이 온다고 생각했다.

그러나 나의 드라마 위기는 그저 맛보기였다. 입덧이 거의 끝나고 평온한 마음으로 정기 검진 받으러 갔다. 그런데 의사 선생님이 심각한 표정으로 자궁경관무력증이 의심되니, 당장 대학병원으로 가 봐야 할 것 같다고 말씀하셨다. 이름도 생소한 '자궁경관무력증'—자궁경관의 구조나 기능에 결함이 있어서 진통 없이 자궁경부가 열려 임신 28주 이전에 태아가 나오는 경우—이라니! 어떻게 감정을 표현해야 할지도 모르는 상황에서 대학병원으로 향했다. 슬픔, 걱정, 절망과 인생의 희로애락(喜怒哀樂) 중 노(怒)와 애(哀)에 속하는 감정을 꺼낼 시간도 없이 바로 수술해야 했다.

그러나 수술 후의 생활은 훨씬 더 힘들었다. 자궁경관무력증은 움직이면 태아가 조기 출산될 수 있기 때문에 당분간은 병원 분만실에 머물러야 했다. 일반 병원도 아닌 분만실에서 가만히 누워 있는 생활은 말로 표현하기 어려울 정도로 큰 고통이었다. 낮과 밤, 시도 때도 없이 환자들이 들어오는 분만실. 이곳은 생명의 탄생을 느낄 수 있는 곳일 뿐만 아니라 안타까운 일로 병원에 온 산모들의 슬픔과 고통을 경험하는 장소이다. 그곳에서 매일 들리는 산모들의 울음소리는 나에게도 슬픔과 공포로 다가왔다. 창문도 없이 사방이 꽉 막힌 분만실에 누워 매일 겪는 불안함은 자궁경관무력증보다 먼저 나의 정신건강을 걱정해야 할 정도였다. 더구나 의사 선생님에게 시험을 봐야 하는 상황을 말씀드렸더니 올해는 포기하는 게 나을 것 같다고 하셨다. 그 순간 그동안 가지고 있던 희망의 끈이 끊어진 것 같았다. 한동안 분만실에서 같은 병명을 가진 인터넷 카페에 들어가 비슷한 고통을 가진 사람들의 사연을 읽으면서 견뎌보려고 했다. 하지만 그럴수록 더 우울하고 앞이 보이지 않는 안개 속을 걷듯 답답한 마음뿐이었다.

그러던 어느 날 마음을 바꾸기로 결심했다. 매일 수시로 들어가던 인터넷 카페 대신 다시 도전할 시험을 위해 공부해야겠다는 생각이 들었다. 옆으로 누워 불편한 몸으로 책을 읽기 시작했다. 이렇게 하면 나뿐만 아니라 배 속의 아기에게도 좋을 것이라고 스스로를 다독이면서 몸의 위치를 이리저리 바꾸어 가면서 시험공부를 했다. 지금 공부한 것이 언제 쓰일지 알 수 없었지만, 그래도 공부를 하고 있으니 마음은 편안했다. 아니, 사실 영영 시험을 못 보면 어떻게 하나 하는 걱정이 앞섰지만, 그때 내가 할 수 있는 일은 공부하는 것뿐이었다. 이렇게라도 하지 않으면 숨을 쉴 수가 없을 것 같았다. 확실한 건, 카페에 들어가 자궁경관무력증 환자들의 슬픈 사연을 읽는 것보다 우울하지 않았다.

나는 그렇게 분만실에서 한 달 반 정도 생활한 후 집에 돌아올 수 있었다. 분만실만 벗어났지, 집에서도 침대 생활은 벗어날 수 없었다. 집에 돌아와서도 불편하게 누운 자세로 쉬지 않고 공부를 했다. 병원에 진료받으러 가는 날, 의사 선생님에게 조심스럽게 '이번에 시험을 보면 안 될까요?'라고 물어 보았다. 예상과 다르게 의사 선생님이 '시험 보다가 이상이 있으면 바로 병원에 오세요.'라며 허락을 해 주셨다. 배 속 아이의 태동인지 나의 심장 소리인지 가슴이 쿵쾅거렸다. 딸을 걱정하시는 친정엄마는 반대를 하셨지만 나의 간절함을 누구보다 잘 아는 신랑은 반대도 못하고 응원을 해 주었다. 시험공부를 충분히 하지 못

했는데 6시간 동안 앉아 시험을 보는 것이 태아에게 문제가 생길까 봐 걱정이 되었다. 하지만 이번에 시험을 보지 않으면 평생 후회할 거라는 생각이 먼저 들어, 용기를 내어 시험을 보기로 결심했다.

쌀쌀한 기운이 느껴지는 11월, 딱딱한 의자에 6시간을 앉아 시험을 보는 것은 보통 이상의 체력이 필요한 일이다. 게다가 자궁경관무력증으로 인해 특히 조심해야 하는 나로서는 시험뿐만 아니라 몸의 상태에도 신경을 써야 했다. 시간이 어떻게 흘렀는지, 내가 무엇을 하고 왔는지 기억이 하나도 나지 않고 어느 순간 난 다시 편안하게 집 소파에 누워 있었다. 지금, 이 순간 아무 일 없이 소파에 편안히 누워 있는 이 모든 상황이 그저 감사할 뿐이었다.

많은 아픔이 있었지만, 시험을 치른 후 얼마 뒤에 무사히 둘째를 볼 수 있었다. 끝까지 엄마 배 속에서 잘 견뎌준 생명에 경이로움이 느껴졌고 그 어떤 말로 표현할 수 없을 만큼 기뻤다. 나의 이야기는 여기가 끝인 줄 알았는데, 1차 필기시험에 합격하고 마침내 최종 합격이라는 문구를 마주하게 되었다. 합격하면 엄청난 기쁨으로 환호할 줄 알았는데, 그동안 있었던 일들이 머릿속을 파노라마처럼 스쳐 지나가면서 그 어떤 감정도 표현할 수 없었다.

그때, 엄마랑 병원에서 함께 공부하면서 생명의 끈을 잡고 있던 둘째가 벌써 초등학교 2학년 개구쟁이가 되어 있다. 가끔 남편에게 농담으로 신을 믿지 않지만 내 인생이 불쌍해서 시험에 합격시켜 준 것 같다고 말하곤 한다. 둘째를 볼 때마다 내게 주어진 지금 이 생활이 너무 고맙고 소중하게 느껴진다. 그런 상황에서 교사라는 문을 열고 들어갈 수 있게 되어 더 열심히 살아야겠다고 항상 다짐한다. 그동안 나태해지지 않고 꾸준한 노력의 결과로, 실패의 조각들이 완성된 퍼즐을 맞추는 데 밑거름이 된 것 같다. 포기하지 않고 꿈인 교사가 되기 위해 한발 한발 걸어왔기 때문에, 내 오랜 숙제를 비울 수 있었는지도 모른다. 오늘도 난 '참 교사'라는 새로운 숙제를 비우기 위해 꾸준히 걸어가고 있다.

대학생 때 방학이 시작할 즈음, 눈길을 끄는 광고 전단지가 종종 보였다. 그중에서도 한 가지, 차마 그냥 지나가지 못하고 뒤돌아 한 번 더 살펴보게 만들던 것이 있었다. 바로 '국토대장정' 홍보물이다. 한 번은 도전해야지 도전해 봐야지 하면서도, 방학이면 배구대회를 준비하느라 시도하지 못하고 마음속에 그대로 품고만 지내왔다. 그런데 대학교 3학년 때 나에게 '이번만큼은 절대 포기 안 해! 배구 몰라!' 하게 하는 사건이 있었다. 바로 전국 교대 연합에서 처음으로 개최하는 '교육국토대장정'이다. 들뜨면서도 미안하면서도 두려운 마음을 가지고 결국 용기를 내 도전하였다. 드디어 마음에만 품고 있던 국토대장정을 신청한 것이다.

국토대장정을 위해 상경하는 날. 태양이 아주 쨍한 게 마치 아폴론이 나의 상경을 축하해 주는 것만 같았다. 하지만 늘 그렇듯이 머리 한구석에는 이 생각이 따라왔다. '나 잘한 거 맞겠지?' 막상 15박 16일의 여정을 떠나려고 생각하니, 이렇게나 더운 날 고생할 것을 생각하니 걱정이 되면서도 새로운 도전에 설레는, 모순되는 감정에 놓였다. 그래도 이미 마음먹은 일, 이제 와서 그만둘 수 없는 일이니 당찬 걸음으로 서울행 버스에 올랐다.

이번 국토대장정은 서울에서 남해 사천까지 423.5km를 걷고 또 걸어야 하는, 그야말로 인생에 길이 남을 대장정이었다.(실제로도 인생에서 가장 자랑스러워하는 일 중 하나로 꼽을 만한 경험이다.) 첫날의 목적지는 경기대. 기억이 정확하지는 않지만, 서울 남쪽 부근에서 출발하여 대략 20km 후반대를 걸어야 도착할 수 있는 곳이었다. 그리고 첫날 깨달았다. 국토대장정은 기어서라도 무조건 그날의 목적지에 도착해야 한다는 것을. 목적지에 도착하지 않는 한 잘 곳도 먹을 것도 구할 수 없기 때문이다.

첫걸음의 기억을 떠올리자니 재미요, 다음 걸음은 의구심이요, 세 번째는 좌절이었다. 계속 걸어도 도저히 목적지가 보이지 않는 암담함. 그 밑에서 전해오는 다리의 비명은 난생처음 듣는 소리였다. 그런데 속으로 이런 생각이 들었다. 나름대로 운동 좀 한다는 남자인 나도 이렇게 힘든데, 도대체 이 옆에서 걷고 있는 우리 조원들은 얼마나 힘들까. 나는

그나마 괜찮은 편이 아닐까. 이를 꽉 물고 끝까지 버텨냈다. 목적지에 거의 도착할 즈음에는 정말 한 걸음 한 걸음이 천근같이 느껴졌다. 그리고 첫날 저녁 간식, 수박화채. 세상에서 가장 맛있는 화채였다. 비록 완전히 시원한 사이다도 수박도 아니었지만, 그 화채의 맛은 어디서도 찾아볼 수 없을 것이다. 조원들과 함께 웃으며 나눈 그 순간이 너무나 그립다.

우리는 볕뉘야

최근 최근 이기주님의 『언어의 온도』를 읽다가 발견한 아주 아름다운 우리말 단어가 있다. 바로 '볕뉘'라는 단어다.

〈볕뉘〉
1. 작은 틈을 통하어 잠시 비치는 햇볕
2. 그늘진 곳에 미치는 조그마한 햇볕의 기운
3. 다른 사람으로부터 받는 보살핌이나 보호

국토대장정을 끝까지 하기 위해서는 우리는 서로의 볕
뉘가 되어주어야 했다. 옆 사람이 힘들면 밀고 끌어주며
같이 걸음을 맞추어주고 힘든 이에게 햇볕을 주고 힘들 때
는 햇볕을 받는. 그렇게 우리는 서로에게 의지하며 하루하
루를 걸어갔다. 나는 너의, 너는 나의 볕뉘가 됐다. 그렇게
네 번째 걸음은 좌절에서 벗어나 희망이 되었고 다섯 번
째 걸음은 즐거움이 되었다. '언제 도착할까?', '아직도 멀
었네.'라는 생각은 날이 가면 갈수록 줄어들었고 점차 발
걸음은 가벼워졌다. 사람은 적응의 동물이라고 한다. 그새
걷는 것에 적응하여 그날의 도착지에 다다를 때면 아쉬움
마저 들었다.

　15박 16일의 여정은 너무나도 짧았다. 우리 볕뉘 동지들
은 최종 목적지 '남해 상주 은모래비치 해수욕장'에 도착했
다. 정말 행복했다. 다른 미사여구는 다 필요 없었다. 그냥
행복했다. '행복' 두 글자 그 자체의 감정이 차올랐다. 세상
을 다 가진 기분이 이런 거구나 싶었다. 멸치회 한 점에 행
복함을, 소주 한 잔에 아쉬움을 담은 마지막 밤. 그날의 밤

은 너무나 빠르게 지나갔다. 다음 날 아침이 되고 각자 집으로 향하는 버스에 올랐다. 마지막 버스에 오르는 걸음. 그 걸음은 그리움이었다. 버스에 오르니 나도 모르게 눈물이 났다. 지난 15박 16일의 일정이 꿈만 같았다. 버스는 '이제 꿈에서 깰 시간이야. 여기는 네가 있을 현실이 아니야.'라고 말하였다. 그렇게 다시 집으로 향하였고 나의 처음이자 마지막 국토대장정은 마무리됐다.

가끔 과거 사진을 살펴보다 다시금 그리움에 사무친다. 언제 다시 봐도 너무나 반가울 우리 볕뉘들이 그립다. 보고 싶다. 서로가 서로의 볕뉘가 되어주지 못하였다면 우리는 절대 국토대장정 종주를 하지 못했을 것이다.

여러분에게도 이런 특별한 순간이 있으리라 생각한다. 여러분만의 볕뉘가 함께한 순간이 있었으리라 생각한다. 가끔은 그 순간을 다시 한번 돌아보는 건 어떨까? 그 순간이 내 현재의 볕뉘가 되어 나를 다시 한번 이끌어 줄 것이다.

가을

3장

아름다운 결실,
변화하는 삶

김은정

✦

　언제부터인가 늘 책을 곁에 두고 있다. 일부러 시간을 내서 읽기도 하고 자투리 시간에 읽기도 한다. 마음먹고 읽을 때는 몇 시간이고 앉아 있기도 하고 잠깐 틈이 날 때는 5분이라도 책을 펴 읽기도 한다. 자투리 시간은 참 많다. 아침 출근하기 전, 약속 장소에 일찍 도착했을 때, 물을 끓이거나 음식이 익을 때까지 기다리는 시간 등 셀 수 없이 많다. 책이 가까이에 있다면 언제든 펴서 읽을 수 있다. 한 권의 책을 연결해서 읽을 때도 있고 여러 권의 책을 동시에 시작하여 기분에 따라 손이 가는 책을 열어 보기도 한다. 중요한 점은 늘 곁에, 손이 닿기 쉬운 곳에 책을 둔다는 것이다.

책을 사는 데는 돈을 아끼지 않아서 계속 구입하다 보니 어느 순간 책이 공간을 많이 차지하여 버겁기 시작했다. 요즘엔 전자책이 대세라고 하지만 종이책이 주는 매력을 따라가지 못한다. 그래서 내가 선택한 것은 도서관이다. 2주에 한 번씩 꼭 도서관에 가서 읽고 싶은 책을 빌려오는 것이다. 시간과 발품이 필요하긴 하지만 나에게는 참 좋은 습관이다. 책을 선택하는 방법은 다양한데 그중 하나가 다른 사람들이 북트럭에 반납한 책들 속에서 고르는 것이다. 딱히 읽을 책이 없을 때 남이 읽은 책이 선택의 이정표가 되기도 한다.

책을 읽는다는 것은 어떤 의미일까 생각해 보았다. 독서는 겪어보지 않은 삶 속에 깊이 들어가 볼 수 있다. 우리가 만날 수 있는 사람이나 경험할 수 있는 일들은 지극히 제

한되어 있는데 책은 그렇지 않다. 참으로 다양한 사람을 만날 수 있고 경험할 수 있다. 특히 소설을 읽을 때는 상상력을 초월하는 많은 일들을 경험한다. '소설이니까 가능하지!'라는 생각보다는 '실제로 이런 일이 있을 수 있겠구나!' 하는 생각이 든다. 작가의 상상력이라 하지만 현실을 그대로 옮겨놓은 듯한 묘사는 참으로 놀랍다. 고전도 멋지고 현대소설도 그렇다. 누구나 한 번쯤은 읽어보았을 『데미안』은 나에게도 참 인상 깊었다. 싱클레어의 시점으로 서술되는 이야기는 나약하고 불완전한 나의 모습을 그대로 보는 듯하여 읽는 내내 감정이 이입되었다. 개인적으로 정유정 작가의 소설을 좋아하는데 코로나19가 한창일 때 보았던 『28』은 정말 인상적이었다. 소설 속에 등장하는 정체불명의 전염병이 실제 내가 살고 있는 이 시대에 퍼지고 있어서 몰입감이 대단했다. 얼마 전 읽은 『완전한 행복』은 책을 읽는 내내 손에서 땀이 날 정도로 긴장하며 보았다. 행복에 대한 왜곡된 생각이 만들어내는 사건과 사고를 생생하게 묘사하고 있어서 무섭게, 흥미롭게 보았던 책이다.

독서는 내 삶에 나침반처럼 방향을 제시해 주기도 한다. 생각이 복잡하여 어떤 결정도 내릴 수 없을 때, 지금 내가 살아가고 있는 방식이 맞나 의문이 생길 때 깜깜한 밤에 저 멀리 환하게 빛나는 등대처럼 이정표가 되어 주는 책들이 있다. 읽고 나면 다시 살아갈 힘이 나고 '그렇게 살아도 돼.'라며 응원을 듬뿍 받고, '이렇게 살아야겠구나.'라는 다짐을 하기도 한다. 『표현의 기술』에서 저자 유시민은 우리가 누군가에게 마음을 표현할 때 가장 중요한 것은 진실된 우리의 마음이라고 했다. 이러한 마음을 전했을 때 상대방이 받아들이지 않는다면 그건 어쩔 수 없는 것이라고 했다. 이 책에서 밝혔듯이 공자도 제자의 어긋남을 어찌할 수 없다고 했다. 나의 표현을 다른 사람이 왜곡하여 받아들이는 것은 내 탓이 아니다. 그러니 확신과 신념을 가지고 생각을 표현할 필요가 있다고 응원해 준다. 우종영의 『나는 나무에게 인생을 배웠다』라는 책은 때로는 내가 옳다고 여기는 것을 지키기 위해 묵묵히 가야 하고 때로는 나만 옳다고 우기지 말고 주변도 돌아보며 한 방향으로만 몰아세우지 말아야 한다고 알려준다. 때로는 내가 원하는 것을 위해 끊임없이 노력하며 이겨내야 한다고 가르쳐 준다. 작가는 이러한 단단한 삶의 태도를 세상에서 가장 나이 많고 지혜로운 철학자인 나무에게서 배웠다고 책 표지에서 밝혔다. 이처럼 한 그루의 나무도 한 권의 책이 되어 우리의 등대가 되어준다. 길을 잃을 때마다 꺼내 보고 싶은 책들을 만나서 반갑다.

책은 한 번뿐인 내 인생에 세상을 살아가는 구체적인 방법을 알려주고 조언해 준다. 다이어트, 습관, 요리, 정리법, 영어 공부법, 독서 방법 등 다양한 분야의 정보를 제공하는 책들이 있다. 내가 고민하고 방법을 찾고자 하는 것들을 누군가는 미리 경험해 보고 올바른 방법으로 안내해 주는 지도 같아서 신기하고 감사한 일이다. 『미라클 모닝』, 『나의 하루는 4시 30분에 시작된다』 책에서는 새벽 기상을 배웠고, 『매일비움』에서는 비우고 정리하는 습관을 배웠다.

마지막으로 책 속에서 나는 가르침의 목표, 내가 가르치는 이유를 배웠다. 생활 속에서 부대끼며 고민했던 것을 책 속에서 발견하고 마음으로 깨달았다는 말이 더 맞는 말일 것이다. 권영애의 『그 아이만의 단 한 사람』 책을 읽을 때 가슴이 뜨거워짐을 느꼈다. 지금 내가 하는 일이 평생해야 하는 일이라면 내가 왜 이 자리에 있는지, 나는 무엇을 위해 가르치는지 깊이 생각해 볼 필요가 있다. 그 생각의 시작점에서, 고민의 끝에서 그 아이만의 단 한 사람으로 살아보겠다고 다짐해 본다.

앞으로도 나는 다양한 책들 속에서 여러 가지 경험과 길을 찾게 될 것이다. 책을 읽는다는 것은 정말 값진 경험이 아닐 수 없다. 그러한 매력에 빠져 책장을 펼친다.

나에게 숨을 고를 수 있는 시간이 있어서 다행이다. 지금은 몸을 편히 눕히고 나를 천천히 돌아보는 시간이다. 이 글을 쓰는 동안만큼은 나에게 지금 이렇게 쉴 틈이 어디 있냐고 자책하지 않는다.

시간에 맞춰 역에 도착하기 위해 다급히 기차를 운전하는 기관사처럼 부지런히 운전해서 올해 입학한 1학년 아이들 30명과 1학년 1학기를 마쳤다. 그리고 여름 방학을 맞이했다. 우리 반 친구들은 아마도 지금 각자 열심히 시간을 보내고 있을 것이다. 아이들은 어떻게 지내고 있을까? 한글은 좀 늘었을까? 무언가를 해 달라고 부모님을 조르고 있을까? 놀이터를 종횡무진하며 지내고 있을까? 혹시 학원을 순회하며 부모님의 퇴근을 기다리고 있지 않을까? 하루의 대부분을 살 부비며 마주 대했던 30명의 얼굴을 하나씩 하나씩 떠올려 본다.

나는 올해로 4년째 1학년을 맡고 있다. 지금도 하루하루가 쉽지만은 않지만 첫해에는 정말 떨리고 정신이 없었다. EBS 극한 직업이라는 프로그램에도 나왔던 바로 그 초등학교 1학년 담임교사 아니던가? 쉬는 시간에 화장실을 못 가 방광염에 걸렸다는 친구 교사의 경험담과 5년 동안 1학년만 가르쳤다는 친구가 말해줬던 여러 에피소드가 떠올랐다. 내가 바로 그 1학년 선생님이 되는 것이다.

새 학년도 업무와 학년이 발표되고 나자 떨리는 마음으로 3월에 전달할 담임 편지를 썼다. 해가 바뀌기 전이었지만 내 마음은 이미 3월 입학식에 가 있었다. 겨울방학에는 출근해서 하루하루 설레는 마음으로 다가올 입학식을 준비했다. 하지만 'COVID-19'이라는 이름으로 뉴스에 조금씩 등장하던 낯선 바이러스가 입학식을 연기시켰다. 공들여 완성한 입학식 안내장을 고치고 또 고치기를 반복했다. '몇 명 이상 모일 수 있다, 없다.', '3월에 입학식을 한다, 못한다.'를 이야기하는 뉴스와 공문에 1학년 어린이들과의 만남에 대한 나의 설렘은 기다림으로 변해갔다. 계속되는 기다림은 막연한 무력감마저 느끼게 했다.

결국 3월 1일 개학은 미뤄졌고 아이들을 만나는 방법은 대면이 아닌 학습 꾸러미와 수업 관련 동영상 링크들이었다. 매일 아침 학교 홈페이지에서 아이들의 출석 글을 확인하고 수업을 계획하고 주간 학습안내를 작성했다. 얼굴도 보지 못한 아이들을 향해 내가 할 수 있는 최대한의 감각을 발휘해서 가르칠 것들을 찾았다. 아이들이 스스로 집에서 할 수 있을 만한 것들을 과제로 만들고 관련 영상을 올리고 제출한 과제를 확인하는 과정을 반복했다. 동영상

촬영용 거치대를 사고 어설픈 솜씨로 직접 동영상을 찍어서 인터넷에 올리기도 했다. 온라인으로 수업을 준비하고 진행하는 기술이 서툴다 보니 야근을 일삼으며 하루하루 원격 수업을 이어나갔다.

매일 확진자 수를 확인해 가며 출근하는 가운데 다행이었던 건 학기 후반으로 갈수록 아이들이 홀수, 짝수로 나누어 등교할 수 있었다는 것이었다. 또 등교하지 못하는 날에는 인터넷 화상채팅 프로그램(Zoom)으로 실시간 원격수업이 이루어져서 오프라인과 비슷한 수업을 할 수 있었다. 책상에 두 대의 모니터를 설치하고 아무도 없는 교실에서 유튜버가 된 것처럼 수업했다. 내 수업도 아이들의 가정에 모두 공개되고 아이들의 공부 과정도 서로에게 모두 공개되었다. 이렇게 우리는 인터넷에서 만나 한글도 배우고, 노래도 부르고, 종이도 접고, 1, 2, 3, 4, 수학 공부, 봄, 여름, 가을, 겨울, 통합 공부, 안전한 생활 공부도 했다.

그리고 조금씩 마스크를 쓰고 등교하는 시간들이 늘어났다. 기대감을 가지고 예상했던 1학년 생활과는 너무 달랐지만 그렇게 COVID-19와 함께했던 1학년 생활이 마무리되었고 나의 첫 1학년 담임 경력도 무사히 마무리 되었다.

매일 반복되는 생활은 힘이 세다. 기억도 상황도 잊게 만든다. 매년 반복되는 1학년들과 생활을 하는 동안 내가 첫해 담임했던 1학년들을 잊은 줄로만 알았다. 그런데 하나씩 기억을 되살려 보니 우리가 함께 했던 4년 전의 시간들이 점점 또렷하게 되살아났다. 생각해 보면 아무도 예상하지 못했던 COVID-19, 그 잊을 수 없었던 1학년 담임 첫해의 경험과 시간들 덕분에 지금까지 매년 큰 무리 없이 1학년 아이들을 만나 함께 시간을 보낼 수 있었다.

이제는 정말 COVID-19 이전으로 돌아온 것 같다. 올해 1학년 아이들도 마스크를 쓰고 입학식은 했지만 매일 등교하고 있다. 철마다 다양한 체험학습과 자유로운 대면 활동으로 여러 친구를 사귀며 한 학기를 생활했다. 확진자가 늘고 있다는 뉴스가 나오고는 있지만 큰 이변이 없는 한 올해 우리들의 즐거운 1학년 생활은 계속될 것이다.

　방학이라는 시간을 통하여 하루하루를 조절하며 숨 고르기를 마친 나는 다시 1학년 기차의 기관사가 되어 아이들을 태우고 종업식이라는 종착역까지 달려볼 생각이다. 이제는 전보다 좀 더 노련한 기관사가 된 것 같다. 열차 밖의 아이들에게 큰 목소리로 '애들아, 2학기에도 우리 기차에 올라 탈래?'라고 이야기를 건네고 싶다.

그럴 수도 있지

박지혜

비가 오는 날, 내 방 의자에 앉았다. 이 의자는 창문 앞에 있어서 앉으면 하늘이, 바깥의 먼 풍경이 보인다. 창문을 조금 열어두면, 비가 유리를 칭─하고 치는 소리, 난간을 토도독 두드리는 소리도, 비를 맞으러 나온 아이의 목소리도 들린다. 그렇게 빗소리, 비를 뚫고 움직이는 차 소리에 귀를 기울이다 보면, 의자에 편히 몸을 기대고 눈을 감게 된다. 나도 비가 떨어지는 것처럼 아래로, 아래로 내려가다 보면 요즘 신경 써주지 못한 우울한 내 마음을 발견한다.

일상을 지내다 보면 아무 일 없이 평범하게 흘러가는 하루가 대부분이다. 그런데 가끔은 소소한 불만이 내 마음에 조금씩 쌓이곤 한다.

아침에 일어났는데, 생각보다 높은 습도에 끈적이는 내 피부 상태가 마음에 안 든다던지. 출근해서 업무를 시작하는데, 그날따라 잡는 펜마다 다 잘 나오지 않을 수도 있다. 또, 마음에 드는 옷을 입고 출근했는데, 점심의 빨간 국물이 튀는 일이 생긴다든지.

물론 이런 일이 하루에 다 생기는 것은 아니지만, 이런 소소한 일들은 내 마음속에 커피 쿠폰처럼 차곡차곡 쌓인다. 그 상황에 짜증을 내는 말과 행동을 하면서 풀어버릴 수도 있지만 대부분 사람은 참고 넘긴다. 그러면 안 되는 것을 알고 있으니까. 하지만 내 마음속의 쿠폰은 계속 적립되고 그러다 보면 쿠폰이 가득 차는 일이 생긴다. 진짜 커피 쿠폰은 도장을 모두 채우면 공짜 커피를 주는데, 마음속의 쿠폰은 소소한 짜증 쿠폰이라 짜증의 대폭발이 생긴다. 괜히 그 마지막 쿠폰을 찍은 사람에게 짜증을 낼 수도 있고, 그 일과 전혀 상관없는 사람에게 화풀이하기도 한다. 주변 사람에게 지금까지 있었던 일을 엄청나게 길게 이야기하며 풀기도 하고, 혹은 나 자신에게 나쁜 말을 하며 우울해지기도 한다.

마음속의 좋은 일 쿠폰 적립은 잘 안 되는 거 같은데 이 소소한 짜증 쿠폰은 얼마나 빨리 차는지 모른다. 속상한 일이 너무 많은가 보다. 그러다 마음이 가라앉는 날에 내 쿠폰은 몇 개나 있나 하고 살펴보게 된다. 쿠폰의 일면을 하나하나 살펴보면, 굉장히 소소한 일들이 참 많다. 아침에 출근하다 나와 부딪히고 그냥 간 사람에게 받은 쿠폰 하나, 아침에 받은 짜증을 나에게 푸는 그 사람에게 받은 쿠폰 하나처럼 아주 소소한 일이다. 행복하게 살기만 해도 짧은 것 같은 내 인생인데, 이런 소소한 일로 내 마음속의 쿠폰에 도장을 찍어야 할까? 라는 생각도 든다. 그래서 나는 다른 사람과의 일이 아니라 '나'에게 더 집중하고자, 찾은 마법의 말이 있다.

"그럴 수도 있지."

이 말 덕분에 내가 몇 번이나 쿠폰을 떠올리지 않았는지 모른다. 정말 나에게 있어 최고 마법의 말이다.

〈'그럴 수도 있지.'의 사용 순서〉
첫 번째, 그런 상황이 생기면 일단 숨을 쉰다.
두 번째, 내 맘속으로 '짜증 쿠폰 적립!'이 아니라 '그럴 수도 있지.' 하고 말한다.
세 번째, 아침에 출근하다가 나를 부딪치고 간 사람에게 그냥 '지각했나 본데?'라든가 '화장실이 급한가?'처럼 '저 사람만의 사정이 있겠지.' 하고 말도 덧붙이기도 한다.

그러면 편안하지 않던 내 마음이 어느 샌가 편안한 마음으로 변해 있다. 정말 아무 일도 없던 것처럼 말이다. '그럴 수도 있지.'와 함께 한 날의 오후 3시쯤 에너지는 다른 날에 비해서 생각보다 꽤 많이 남아 있다. 심지어는 다른 사람을 찾아가 이야기를 들으며 끄덕이고 위로하는 나의 모습도 볼 수 있다.

여러 짜증이 나는 소소한 일들로 인해서 그동안 내 에너지가 엄청나게 낭비되고 있었다. 내 낭비되는 에너지를 막아주는 슈퍼 히어로 '그럴 수도 있지.' 그런데 이 말을 늘상 하는 것은 쉽지 않다. 일상이 반복되다가 바쁜 일상에 치이기 시작하면 다시 이 마법의 말을 잊게 되기 때문이다. 그러다 보면 다시 쿠폰이 총총총 하고 쌓이기도 하고, 다시 폭탄처럼 터지는 모습도 발견할 수도 있다. 그럴 땐 오늘처럼 눈을 감고 내 마음을 들여다본다. '아, 내가 또 잊고 살았구나. 내 낭비된 에너지를 다시 찾아야지.' 하고는 내 마음을 어루만져 주어야 한다. 내 마음은 나만 만지고 볼 수 있기 때문이다. 잊고 살았던 '그럴 수도 있지.'로 소소한 짜증을 없던 일로 만들어보자. 놀랍게도 더 많은 에너지를 가진 나를 만나게 될 것이다.

언제부터 우리는 '돈'에 이렇게 관심을 많이 가지게 되었을까? 누가 잘 벌고, 누가 못 버는지 경주를 해서 내기를 하는 것 같다. 주식, 부동산과 같은 투자에 대한 관심도도 높다. 묵묵하게 저축만 하다 보면 뒤처지는 느낌이 든다. 소소한 행복을 누리며 지금처럼 살아가는 것이 맞는지 용기를 내어 도전해야 하는 건지, 여러 가지 고민이 머릿속을 뒤덮는다.

그렇다면 돈은 왜 더 벌고 싶을까? 돈이 많으면 어떤 점들이 좋아질까? 원하는 물건, 사고 싶은 옷 등을 조금 더 편안한 마음으로 구입할 수 있다. 살고 싶은 집에 살거나 타고 싶은 차를 탈 확률도 높아진다. 시간을 상대적으로 더 자유롭게 사용할 수 있고, 수준 높은 서비스를 받으며 일상생활을 즐길 수 있다. 한마디로 선택의 폭이 넓어진다.

　하지만, 돈이 충분하다고 해서 항상 행복한 것은 아니다. 20대 후반, 싱가포르에서 살던 시절, 그곳에는 다양한 인종의 사람들이 있었고, 그들은 저마다의 스타일대로 옷을 입고 다녔다. 배꼽이 보이는 짧은 상의를 입은 사람, 머리에 히잡을 두른 사람, 슬리퍼에 민소매 하나만 덜렁 걸친 사람. 그들은 서로의 스타일에 그다지 관심이 없어 보였고, 나 또한 그들이 어떤 옷을 입든 신경을 쓰지 않았다. 개개인의 취향만 있었을 뿐, 옷을 잘 입고 못 입고를 평가하는 사람은 없었다.

되돌아보면 그 시절 나는 비교하지 않아서 편안했던 것 같다. 돈을 더 벌고 싶다는 생각도 없었고, 그저 내가 사는 집을 깨끗하게 가꾸고, 이웃들과 맛있는 음식을 나누어 먹으며, 내 삶을 충실히 살아가는 것이 좋았다. 그곳에서는 정말 눈치 보지 않고, 나답게 살았다.

- 나는 구체적으로 어떤 삶을 꿈꾸는가?
- 나는 언제 행복을 느끼는가?
- 나를 행복하게 하는 것은 무엇인가?
- 나에겐 어느 정도의 자산이 필요할까?
- 내가 원하는 물건이 정말 나에게 필요한 물건일까?
- 나다운 삶을 살아가기 위해 내가 실천해야 하는 것은?

공책 하나를 펼쳐서 질문을 적고, 그 질문에 대한 답을 편안하게 써 내려간다. 처음에는 모호했던 생각들이 적으면 적을수록 점점 더 선명해진다. 동시에 내가 바라는 삶이 더욱 선명하게 그려지기 시작한다. 다른 사람과 나 자신을 비교하지 않는다. 생각이 단단해질수록 우리는 돈 걱정에서 멀어지고, 주어진 삶에 대한 만족도가 올라가서 결국에는 누구보다 행복한 삶을 살아갈 수 있다.

단순하게 살고 싶다

나는 '배달의 민족', '요기요' 어플을 사용하지 않는다. 배달 음식을 좋아하지 않기도 하고 배달비도 아깝고, 건강에도 좋지 않을 것 같아서 대부분 혼자 먹는 날에는 집에서 밥을 먹는 것을 선택한다. 냉장고의 재료를 살피며 '오늘은 어떤 반찬을 만들어 보지?' 생각하고 필요한 재료들을 집 앞 마트에 가서 사온다. 굳이 더 사지 않아도 된다면, 있는 재료들로 창의적인 요리를 만든다. 양파가 있는 날에는 양파볶음과 양파가 들어간 계란말이, 된장찌개를 떠올리고, 감자가 있는 날에는 감자볶음, 감자조림, 감자국을 생각한다. 이렇게 배달 어플이 없으니 자연스럽게 건강도 챙기고 식비도 절약하고 있었다.

'쿠팡'이나 특정 쇼핑몰 어플도 가능하면 이용하지 않는다. 생필품은 집 앞 마트에서 구입을 하며, 온라인으로 사야 하는 것들은 '네이버 쇼핑'으로만 통일해서 주문하고 있다. 옷 쇼핑은 한두 달에 한 번 직접 매장에 가서 입어 본 뒤에 구매를 하는 편이다. 사이즈가 맞지 않거나 막상 입으면 어울리지 않는 옷들이 많아서 온라인 쇼핑은 선호하지 않는다. 계속 보다 보면 사고 싶은 것이 옷이기 때문에 일부러라도 쇼핑몰 사이트나 어플을 보지 않으려고 한다. 견물생심, 저절로 생기는 마음을 탓하지 말고, 나를 둘러싼 환경이 어떤지를 돌아보고 수정하는 것이 더 현명한 방법일 것이다.

　가장 많이 활용하는 어플은 달력과 미리 알림, 메모 어플이다. 달력에는 모든 개인 일정을 기록한다. 약속한 시간과 함께 간단한 메모를 해두고, 스티커도 가끔 붙여 둔다. 한곳에 모아 기록을 하니 시간을 더 효율적으로 잘 관리할 수 있어서 좋다. 미리 알림 어플은 내가 해당 시간에 챙겨야 할 것이 있을 때, 휴대전화 상단에 알림이 뜰 수 있도록 도와준다. 아침에 체육복을 챙겨야 할 때는 7시 30분에 '체육복 챙기기'라는 알림이 뜨고, 퇴근 후 세탁소를 들려야 할 때는 퇴근 시간에 맞춰 '세탁물 찾기'라는 메모가 휴대전화에 나타난다. 이렇게 하면 깜빡하는 일들 없이 해야 할 일들을 챙길 수 있다. 마지막으로 메모 어플은 웹사이트 로그인 정보를 기록해 두거나 중요한 정보들을 적어 둔다. 폴더를 나누어서, 개인적인 생각이나 고민거리를 적으며 마음을 정리하기도 한다.

사람들마다 자주 사용하는 어플들이 다르기에 우리는 각자에게 맞는 어플들을 잘 선별해서 휴대전화 속에 사용하기 좋게 배열하는 것이 필요하다. 잠깐 시간을 내어 어플들을 보기 좋게 정리해 보는 건 어떨까? 어플 정리 방법을 소개해 본다.

먼저, 사용하지 않는 어플들을 찾아서 지운다. 일회성으로 사용했던 어플들을 지우면 된다. 앞으로 필요하지 않을 것, 그리고 필요할 경우 바로 설치해서 사용이 가능한 것들도 함께 비운다. 스스로에게 질문을 던지면서 삭제하고,

꼭 필요한 어플들만 남긴다. 이 작업은 주기적으로 해주는 것이 좋다.

　다음으로는 어플들을 보기 좋게 배열한다. 폴더 형식으로 묶어서 찾기 쉽도록 한다. 금융 관련, 여행 관련, SNS 관련 등 기능별로 모아도 좋고, 같은 색의 어플들끼리 묶어서 정리해도 좋다. 나는 후자의 방법을 택하고 있다. 그리고 한 화면에 가능하면 3분의 1정도만 어플들을 채우도록 한다. 화면 속에 여유를 두어야 위치를 기억하기에도 쉽고, 내 마음도 한결 가벼워진다.

　마지막으로는, 어플들을 담고 있는 휴대전화 배경화면을 바꾸어 본다. 가능하면 복잡하지 않은 심플한 배경화면을 추천한다. 강렬한 색상보다는 하늘색, 연노란색, 베이지색 등 본인이 편안함을 느끼는 색상을 선택해 보길 바란다. 바꾸기만 한다면 새 휴대전화를 가진 것처럼 기분이 좋아질 것이다.

예전에 직장에서 나를 아주 싫어하던 사람이 있었다. 내가 그 사람에게 뭘 얼마나 잘못했는지 모르겠지만 은근히 따돌림을 당했던 것 같다. 대놓고 싫다고 말하지는 않았지만, 시간이 지날수록 점점 더 확실하게 알게 되었다. '혹시 내가 잘못한 일이나 실수했던 일이 있었나?' 아무리 생각해 봐도 머리에 떠오르는 건 없었다.

가끔 함께 어울리던 동기들끼리 모일 때가 있었는데 그

때마다 그 사람은 나를 쳐다보지도 않고 나에게는 단 한 마디도 시키지 않았다. 처음에는 '그럴 리가 없겠지.' 생각하며 부정하다가, '정말 내가 따돌림을 당하고 있나.' 의심할 즈음 결국 사실임을 깨닫게 되자 마음이 무너져 내린 듯이 끙끙 앓았던 기억이 난다. 너무 힘들어서 잠도 설쳤고 식욕도 없었다. 무언가를 하고자 하는 의지도 사라졌다. 그 자리에 가지 않았더라면 괴롭지 않았을 것 같은데 다른 동기들이 눈치 챌까 봐 아무렇지도 않게 모임에 가서 힘든 마음으로 앉아 있었다. 모임이 끝나고 돌아올 때는 기분이 더 착잡하고 더 이상 마주치기도 싫을 정도로 그 사람이 미워졌다.

끝은 더 웃기다. 1년 동안 마음고생 실컷 하고 속이 문드러질 대로 문드러졌는데 자기가 뭘 오해한 것 같다고 하면서 미안하다더라. 미안하다는 말이 진정한 사과가 될 수 없다는 사실을 이때 알았다. 상처 난 마음은 쉽게 아물지 않았다. 괜찮다고 말했지만 정말 괜찮지 않았다. 다시는 꼴도 보고 싶지 않았다. 나이 들면 다 괜찮아질 줄 알았더니 16년 전의 일은 떠올릴수록 마음이 아리다. 본인만 모를 거다. 한 사람을 얼마나 힘들게 했는지…. 밥도 못 먹고 목이 바짝바짝 타들어 가서 물을 마셔도 계속 목이 말랐다.

사람을 미워한다는 건 그런 거다. 만일 그때 나를 싫어하는 사람보다 다른 동기들과 좋은 시간을 보내는 것에 더 집중했다면 어땠을까? 나를 싫어하는 사람은 내버려 두고 좋은 사람들과 이야기 나누고 즐겁게 지내는 데 집중했더라면 덜 힘들었을 것 같다.

나를 싫어하는 사람도 있기 마련이다

아이러니하게도 나도 싫어하는 사람이 있다. 웬만하면 싫은 사람 만들지 말자는 것이 신조이긴 하다. 원만한 인간관계가 그나마 장점이라고 생각하지만, 권위를 내세우며 갑질을 해대는 사람은 정말 참을 수가 없다. 윗사람 대접을 해달라고 하지만 대접하고 싶은 마음이 들지 않는데 어떻게 그게 가능할까? 능력 없고 부지런한 사람이 제일

피곤한 상사라는 말이 떠오르면서 내가 어찌할 수 없다는 생각이 들었다. 말 한마디 더 한다고 그 사람을 바뀌게 할 수는 없다. 그저 물 흐르는 대로 내버려 둘 수밖에 없는 노릇이다.

심리학자의 연구에 따르면 내 주변에 10명의 사람이 있다고 할 때, 내가 아무리 잘해도 10명 중 7명은 어차피 내가 무엇을 하든 관심이 없다고 한다. 그중 2명은 나를 좋아하고 나머지 1명은 아무리 잘해도 나를 싫어한다. 반대로 내가 본의 아니게 어떤 실수나 잘못을 해도 10명 중 7명은 전혀 관심이 없고 1명은 그래도 나를 좋아하고 나머지 2명은 나를 싫어한다. 결국 1명 차이일 뿐이고 거기에 특별한 이유는 없다. 나와의 관계는 내가 만들어나가는 것이고 다른 사람들이 나를 어떻게 생각하는지는 신경 쓰지 말자.

어린 시절 아버지와 관계가 좋지 않았는데 아버지와 닮은 남자와 결혼하게 되고, 내가 싫어하는 사람과 닮은 사람을 볼 때부터 싫어하는 등 과거 기억에 과도하게 집착하여 새로운 관계를 형성하기 어려워하는 경우가 있다. 같은 실수를 반복하지는 않아야 하지만, 너무 과거의 부정적 경험에 얽매일 필요는 없다. 우리는 종종 자신을 좋아하는 사람과의 관계를 유지하는 것보다는, 싫어하는 사람과의 관계에 더 큰 노력과 에너지를 투입한다. 싫어하는 사람에 대해서 계속 신경 쓰고 문제가 생길 때마다 친구에게 뒷말을 해야 속이 시원하다. 그 사람이 이상하고 특이한 거라고 단정 짓는다. 어차피 고치지 못할 성격이라면 그저 그 사람을 멀리하면 되지 않을까? 그리고 차라리 우리는 그 시간에 소중한 관계에 집중하는 것이 나을 것이다.

소중한 인연과 함께하는 시간이 중요하다.

누군가 생각날 때 바로 전화해서 목소리를 듣는다. 조금 이따가 전화하겠다고 생각했다면, 1년 후가 될 수 있다. 매년 스승의 날마다 고등학교 은사님께 전화를 드리는데 한 번 놓치고 나니 2년이 훌쩍 지나 있었다. 누군가를 떠올리게 하는 사건이나 음식, 장소가 있다면 그것을 핑계 삼아 한 번 목소리를 듣자. 친구가 생일 선물로 준 컵을 사용하다가, 친구의 고향 근처를 방문하게 되었을 때, 친구와 함께 갔던 장소에 갔을 때 그 친구에게 전화한다. 친구들과 이야기를 하다 보면 옛 추억이 새록새록 새롭다.

시간이 갈수록 내 옆에는 소중한 사람들만 남을 수 있도록 하려고 한다. 그 사람들과 즐거운 추억들을 쌓으며 살기에도 시간은 부족하니까. 가까워질 사람은 가까워지고 멀어질 사람은 멀어지겠지. 물건에만 정리가 필요한 건 아니다. 인간관계에도 정리는 필요하다. 주소록에 몇 백 개씩 저장된 사람들의 전화번호를 자세히 보면 최근 몇 년 동안 한 번도 연락 안 한 사람들이 더 많다. 무 자르듯이 단칼에 관계를 잘라낼 수는 없겠지만 주소록을 보면서 언제든 함께할 수 있는 사람들에 대해 찬찬히 한 번 정리할 필요가 있다.

아이가 친구와 다투고 온 날 이렇게 말해주었다. "모두

와 친해지려고 노력할 필요는 없어. 너와 맞는 친구를 찾

으렴. 너와 맞지 않는 친구는 너와 다른 거야. 이해하면 좋

지만, 이해되지 않는 부분을 고치려고 할 필요는 없어."

인생의 사칙연산

이은영

🌿

인생의 더하기 빼기

　나이가 들면서 늘어가는 것과 줄어드는 것이 생긴다. 이러한 변화에는 긍정적인 측면과 부정적인 면도 함께 존재한다.

　10대 20대를 비교하지 않고도, 요즘 나의 삶에서 예전에 비해 늘어난 것과 줄어든 걸로 인해 많은 변화를 느낀다.

먼저, 늘어난 것 중에는 걱정이 있다. 예전에는 하지 않았던 걱정들이 생기기 시작했다. 부모님의 건강, 가족의 건강, 아이들의 진로, 아이들의 학교생활과 관련된 새로운 걱정들이 점점 많아지기 때문이다. 세월이 흘러가면서 주변에서 좋지 않은 소식을 들을 때마다 부모님의 건강에 대한 염려가 생긴다. 또한 내 몸 상태도 예전과 다르게 느껴져서 건강 보조제를 많이 복용하고 있다. 아이들이 커가고 학년이 높아짐에 따라 진로뿐만 아니라, 주변에서 일어나는 여러 사건과 사고로 인해 학교생활은 잘 지내는지 늘 걱정이 앞선다. 이에 더불어 지출도 그만큼 증가하고 있다. 부모님 병원비, 나의 건강 유지비용, 아이들 교육비 등 지출은 늘어난 걱정에 비례해서 늘어만 간다.

예전에 비해 오지랖도 늘어나는 것 같다. 극장에서 좌석을 찾지 못하는 사람을 도와주거나, 공항에서 길을 헤매는 사람을 멀리서 보면 굳이 나서서 알려주기도 한다. 아이와 비슷한 또래의 아이들에게 말을 걸면서 이런저런 이야기를 하는 나의 모습을 발견하기도 한다. 고등학교 시절, 친구 셋이서 중국집에 전화해서 자장면을 주문하는 일을 서로 미룰 만큼 부끄러움이 많던 내가 나이가 들면서 참 많이 변했다. 늘어난 오지랖이 좋은 일인지 그렇지 않은 일인지 모르겠지만, 해가 바뀔수록 오지랖이 늘어나는 것은 사실이다.

또한 더 융통성이 있는 사람이 되었다. 살아오면서 많은 경험을 통해 지식을 쌓아온 결과, 예상치 못한 일이나 많은 일을 한꺼번에 해결해야 할 때 융통성 있게 대응하는 나의 모습을 마주한다. 예전에는 많은 시간과 노력이 필요했던 일들도 이제는 빠르게 해결할 수 있다. 이런 변화에 가끔 '오, 나 좀 멋있다. 참 대단하다.'라고 느끼곤 한다. 그동안 살아온 시간을 헛됨 없이 보내지 않고 많은 경험과 삶의 지혜를 쌓아왔기 때문에 이루어낸 결과라고 생각한다.

아이들이 커가면서 혼자 있는 시간을 더 많이 확보할 수 있게 되었다. 하루의 24시간은 변하지 않았지만, 아이들이 내 손에서 벗어나 스스로 할 수 있는 것들이 많아졌다. 예전에는 나의 손이 열두 번 스쳐 지나갔다면, 이제는 그 횟수를 점점 줄이며 나에게 사용 가능한 시간을 늘리고 있다. 물론 아이들에게 신경 써야 할 관심의 무게는 점점 커지지만 사소하게 챙겨주어야 할 부분은 확실히 줄어들었다. 아이가 어릴 때는 직장과 육아, 가사를 병행하느라 나를 위한 문화생활은 먼 나라 이야기이고, 생각조차 할 수가 없었다. 하지만 지금은 나를 위한 시간을 할애할 수 있는 여유가 조금 생긴 것 같다.

반대로 나이가 들면서 줄어드는 것도 참 많다. 먼저, 인간관계의 폭이 점차 좁아지고 있다. 나이가 들면서 사람과 사귀는 것이 조심스러워지며, 그 관계를 유지하는 것이 쉽지 않다. 사람을 만나고 사귀기는 쉽게 할 수 있지만, 그 관계를 잘 유지하기 위해서는 많은 시간과 노력이 필요하다. 상대방이 나를 어떻게 생각하는지 걱정하고, 상대방이 내게 잘해 주면 최소한 그만큼 신경을 쓰느라 깊은 인간관계를 유지하는 것이 힘들 때가 많다. 그러다 보니 인간관계의 폭이 점점 좁아지고 있다.

　가족과 함께 보내는 시간도 서서히 감소하고 있다. 아이들이 성장하면서 학업과 개인 생활에 더 많은 시간을 투자해야 하므로, 함께 마주 앉아 서로의 이야기를 들어 줄 수 있는 시간이 점점 줄어들고 있다. 어린 시절에는 아이들을 데리고 여기저기 함께 다니는 것이 가능했지만, 지금은 자신들만의 세계가 분명해진 아이들과 항상 함께한다는 것은 부모의 욕심이다. 그래도 아직은 아이들과 함께 시간을 보내고 싶어서, 주말 아침 식사 후에는 같은 공간에 앉아 독서 시간을 갖고 있다. 하지만 이것도 아이들이 더 크면 유지하기 어려울 것 같다는 생각이 든다.

　나이가 들면서 말수를 줄이게 되었다. 누군가에게 조언이나 충고를 하면 다른 사람들이 꼰대라고 생각할까 봐, 나이 든 티를 낼까봐 많은 말을 하는 것이 조심스러울 때가 많다. 마음에서 나온 걱정과 선의의 충고라 할지라도 상대방에게는 거부감을 일으킬 수 있기 때문이다. 때로는 아무 말도 하지 않는 것이 서로에게 좋을 것 같다는 생각이 든다. 말을 아끼고, 잘 들어 주는 것이 최선의 선택인 것이다.

　아직 나이가 들면서라고 말할 정도로 많은 날을 살진 않았지만, 해마다 삶이 변하고 있는 것은 분명하다. 이러한 변화는 긍정적이든 부정적이든 삶의 일부분이 되고 있다. 나중에 돌아봤을 때, 괜찮은 삶을 살았다고 스스로를 칭찬하려면 긍정적인 변화를 유지하기 위한 노력이 필요하다. 나의 힘으로 어쩔 수 없는 것들은 변화시킬 수 없지만, 그 변화 중 일부는 노력을 통해 긍정적인 방향으로 향하게 할 수 있다고 생각한다.

인생의 곱하기 나누기

　나의 친구 관계는 네 가지 형태로 나뉜다. 첫 번째 그룹은 고등학교 시절 만난 친구들이다. 이들은 변함없이 항상 내 편이었으며 나를 지지하고 위로해 주는 존재이다. 두 번째 그룹은 연고지 없는 낯선 곳에서 만난 이웃 언니들이다. 어려움이 있거나 힘들 때 가족처럼 도움을 주는 관계로, 우리의 인연은 10년 이상 지속되고 있다. 세 번째 그룹은 아이가 친구를 사귀면서 만나게 된 다른 엄마들 무리이다. 같은 연령대의 아이들을 키우기 때문에 자녀 교육 및 학원 정보 등 여러 가지 정보를 서로 나누며 소통하고 있다. 마지막은 온라인 모임을 통해 형성된 친구관계이다. 공통의 관심사를 가진 사람들끼리 만났기 때문에 공감대가 잘 형성된다. 또한 대화 주제가 풍부하고, 유용한 정보도 나눌 수 있어서 서로에게 지속적으로 도움을 주고 있다.

이처럼 다양한 형태의 친구 관계는 내 삶을 곱셈처럼 더 풍요롭게 만들어 준다. 인연을 맺은 배경은 다르지만 우리는 서로에게 필요한 존재이며, 서로가 성장할 수 있도록 마음과 정보를 나누어 주는 관계이다. 내가 그들과 연결되어 있는 동안 나의 삶은 여러 면에서 성장하고 풍요로워질 것이다.

사람들이 말하길 나에게 웃는 상이라고 한다. 항상 웃고 다녀서 보기 좋다는 말을 듣고는 했다. 하지만 항상 밝은 것은 아니었다. 그 웃음 이면에 간직했던 솔직한 마음을 드러내자니 부담이 된다. 사실 타인에게 향하는 웃음에는 관대하지만, 스스로에게 향하는 웃음에는 한없이 쪼잔했다. 밴댕이 소갈딱지라는 말을 많이 들어 봤으리라 생각한다. 내가 나를 대하는 모습이 딱 그 모습이었다.

도대체 밴댕이가 무엇일까 하고 궁금해 검색해 본 적이 있다. 밴댕이는 생선 이름인데, 얼마나 성격이 급하고 예민한지 그물에 잡히자마자 곧 죽어버린다고 한다. 이 밴댕이는 자기 몸집에 비해 정말 작은 내장을 가지고 있다. 대략 새끼손가락 한 마디보다 작은 것 같다. 너무 작아서 좁은 마음을 밴댕이 소갈딱지라고 표현했다고 한다. 문득 생각해 보니 내 것은 마법의 내장이었나 보다. 마음의 방향에 따라 늘어났다 줄어들었다 하는 것을 보니 말이다.

　내가 입에 달고 사는 표현이 있다. '그럴 수도 있지.', '이해할 수 있어.', '괜찮아.' 등 관대한 언어들이다. 이 언어들은 주로 타인에게 향하는 언어다. 반면에 마음속으로 했던 말이 있다. '다 내 잘못이야.', '그냥 죽어라, 아주.', '그래, 네가 그렇지.' 이 차가운 언어들은 주로 나 자신에게 향하는 언어다. 이렇게 적어두고 보니 나에게 한없이 미안해진다.

너는 괜찮은데, 나는 안 괜찮아

한창 주말에 사람들을 만나 주(酒)님을 즐기고 다닐 때 일이다. 1년 후배 중에 내가 좋아하는 동생과 만나기로 한 날이었다. 뭐가 좋다고 그 동생이 사는 곳 근처로 약속 장소를 잡고, 거기까지 가서는 1시간을 넘게 기다리고 있었는지. 참 바보 같은 형이었다. 사실, 기다리는 동안 속으로는 '오늘은 좀 뭐라고 해야 하나. 이건 너무한 것 같은데.'란 생각을 삭이면서도 '무슨 일이 있는 거겠지.'라고 위안 삼고 있었다. 그리고 뒤늦게 나타난 후배의 "형, 늦어서 미안해요."라는 말에 "아니야. 괜찮아. 얼른 가자!"가 자동 반사처럼 나왔다. 그러면서 술도 사주고 말이다. 그냥 상대방의 사과 한마디면 모든 게 괜찮아졌다.

반대로 내가 시간을 못 지켰던 때는 어땠을까? 똑같이 그 동생을 만나는 날이었다. 약속 장소로 가는 버스가 여러 대 있었고, 그중 일부는 반대편 정류장에서 타야 약속 장소로 갈 수 있는 버스였다. 그걸 몰랐던 나는 기어코 반대로 가는 버스를 타고 말았다. 그리고 한참을 지나서야 내가 탄 버스가 잘못된 버스라는 것을 알아차렸다. 얼른 연락해 택시 타고 간다고 이야기하며, 늦는 것이 미안해 엄청나게 마음 졸였다. 그때 나에게 딱 마음속으로 이렇게 말했다. '에라, 그 버스 하나 제대로 못 타가지고 멍청한 놈.' 왜 스스로를 이해하는 마음은 그렇게 좁았을까? '괜찮아. 버스 잘못 탈 수도 있지.' 이렇게 이야기할 수는 없었던 건지, 참 나에게 모질게 굴었던 것 같다.

　이런 일뿐만 아니라 남의 좋은 점은 추켜세우고 남의 단점은 이해하려고 노력하면서도, 나의 좋은 점은 낮추고 단점은 높이는 나였다. 무엇에 그렇게 불만이 있었는지, 왜 그렇게 야박했는지. 뒤돌아 생각해 보니 지금에서야 조금은 알 것 같다. 나는 '타인의 시선'을 너무나도 신경 쓰는 사람이었다. 내가 만들어 놓은 이미지를 실추시키고 싶지 않았던 것이다. 그렇게 나를 갉아먹는 마음을 간직하고 있었다.

스스로에게 다정하기

어제 한 이웃님의 블로그를 보다가 마음에 쏙 와 닿는 표현을 발견했다.

'스스로에게 다정하길 바라는 것은 당연한 것일지도 모릅니다.'

그분의 글에 이렇게 댓글을 달았다.

'본인을 사랑하는 사람의 마음은 자연스레 흘러나와 타인에게 향하더군요. 다만, 그 흘러나오는 것조차 잡으려한다면 욕심이겠죠. 스스로에게 다정하자는 말. 좋은 말이네요. 당신 안의 다정함이 가득 채워지길 기원합니다. 그리고 흐르기를 기원합니다.'

요즘 들어 여유로워 보인다는 말이 종종 나에게 들려온다. 나 자신에게 조금 더 다정하게 대하려고 노력하고 있다. 나를 향한 다정함이 나를 채우고 조금씩 흘러 나가는 것이 아닌가 싶다. 이런 모습을 보고 나의 여유를 알아챈 사람이 생긴 듯하다.

  나에게도 미소를 아끼지 않으려 한다. 스스로에게 다정
해지려고 한다. 타인을 향했던 관대함을 조금 접어두고 나
에게 향하게 하려고 한다. 나에게 다정한 마음이 넘쳐 자
연스럽게 옆으로 흐르길 바란다. 여러분의 다정함도 안으
로 향하길 바란다. 그리고 넘쳐흐르길 기원한다.

  이제는 밴댕이가 아닌 고래 소갈딱지다.

겨울

4장

내면의 평화,
내일을 준비하는 우리

괜찮아, 이걸로 충분해!

어느 날 중학생 아들이 집에 와서는 "엄마, 오늘 학교에서 셔틀런을 했는데 나는 110번 성공했어. 조금만 더 했더라면 1등 할 수 있었는데 너무 아까워."라고 말했다. 셔틀런이란 학생들의 체력을 수치로 재는 것인데 단계별로 빨라지는 속도에 맞추어 20m 거리를 가능한 오래 왕복하여 달리는 운동이다. 내가 생각하기엔 100번을 넘겼다는 것도 대단한데 아들은 자신이 목표한 등수에 도달하지 못했음을 아쉬워하고 있었다. "와! 우리 아들 체력이 대단한 걸! 다른 사람과 비교하니 네가 못한 것처럼 느껴지는 거야. 100번을 넘었다는 건 정말 열심히 한 거야. 내가 할 수 있는 최선을 다했다는 것에 엄만 기분이 좋은데?" 그제야 아쉬워하던 아들의 얼굴에 미소가 번졌다. 아이가 최선을 다했다면 그 결과에 만족할 수 있도록 더욱 크게 칭찬해 줘야겠다고 생각하게 되었다.

생각해 보면 평소 나의 모습도 만족하지 못하고 아쉬워하거나 나 자신을 깎아내리는 일이 참 많은 것 같다. '좀 더 잘할 수 있을 텐데.', '나는 왜 이것밖에 못 할까?', '나의 노력이 부족한 거야.'라며 나를 자책하곤 했다. 내가 이룬 결과만을 놓고 보니 다른 사람들과 비교가 되고 더욱 초라하게만 느껴진다. 이럴 경우 목표를 너무 높은 곳에 설정해 두었거나 나의 노력을 너무 작게 평가하는 때가 많다는 것을 알게 되었다. 아들과의 대화를 통해 나에게도 자책하는 모습이 있었다는 사실을 깨달았다. 가족에게 부족한 부분을 충고하거나 괜찮다며 격려하는 것은 쉽지만, 나의 모습을 스스로 깨닫기는 참 어렵다.

6학년을 담임할 때의 일이다. 우리 반 학생 중 기초학력이 매우 부족한 학생이 있어 항상 고민이었다. 학생이 졸업하기 전 기본 학습 습관을 잡아주고 초등 교육과정을 마무리하길 내심 바라며 학생보다는 내가 더 마음이 급했던 것 같다. 공부하기를 너무 싫어했던 학생을 어르고 달래며 방과 후 시간을 함께 보냈었다. 그날도 목표한 양을 채우기 위해 학생과 함께 교실에 있었다. 부진 학생이 한 명뿐이었다면 그 학생에게만 집중할 수 있었을 텐데 당시 우리 반에는 3명의 학생이 있었다. 학년마다 채워지지 않은 학습 부진이 누적되어 6학년이 되었는데도 곱셈과 나눗셈이 서툴렀다. 부진 학생들은 '난 원래 못 해, 공부는 재미없는 거야.'라는 생각이 깊숙이 자리하고 있어 이들을 이끌어주는 것은 힘들었다. 2명의 학생은 정해진 학습 분량을 하고 있는 동안 1명의 학생이 유난히 가만히 앉아 있기만 하였다. 그날 해야 할 분량을 마친 학생이 먼저 집으로 가고 이제 1명의 학생만 남게 되었다. 아이는 집에 가면 안 되냐고, 오늘은 안 하고 집에 가고 싶다고 했다. 그냥 보내줘야 하나 끝내고 가도록 해야 하나 갈등이 되었지만 이렇게 그냥 보내줬다가는 습관이 될까 염려되어 오늘 할 분량을 마치면 보내주겠다고 하였다. 그러다 갑자기 아이가 대성통곡을 하기 시작했다.

"하기 싫어요. 정말 하기 싫단 말이에요."

나는 망연자실하게 바라볼 수밖에 없었다. 그간 아이는 공부가 싫다는 표현을 매번 하면서도 하루하루 분량을 채우고, 맛있는 간식을 위안 삼아 근근이 따라오고 있었다. 그런데 그날은 무슨 일인지 지금껏 참아왔던 힘듦이 터져버린 것이다.

그 순간 '이 아이에게 무엇이 중요할까?' 아이의 힘듦도 보듬어 주지 못한다면 아이와의 공부가 무슨 소용이 있을까 싶었다. 나는 대성통곡하는 아이를 안고 한참 동안 쓰다듬어 주었다.

"알겠어. 선생님은 널 도와주고 싶은 거였어. 그런데 그

동안 너를 너무 힘들게 했던 것 같아서 마음이 안 좋아. 오늘은 그만 집에 가자."

이렇게 돌아간 그 학생은 다음 날부터 다시 열심히 하는 모습을 보여주었다.

우여곡절 끝에 졸업하고 2년 후 만나게 되었다. 학교에 찾아온 아이는 "선생님 이번에 학교에서 영어 수행평가를 봤는데 만점 받았어요!"라며 자랑스럽게 이야기했다. 그 아이의 말을 듣는 순간 참 기뻤다. 아이도 공부를 잘하고 싶은 마음이 정말 컸었다는 것을 알게 되었다. 아이의 모습에 만족할 줄 알고 힘들어할 때는 조금 쉬어갈 필요가 있다는 것, 나에게 꼭 필요한 깨달음이었다. 조금만 더 하면 될 것 같다는 생각에 아이를 다그쳤더라면 아마도 나가떨어졌을 게 분명하다. 그래, 이만큼 노력한 것도 훌륭하다고 인정해주고 아이가 힘들어할 때 쉴 수 있도록 여유를 준 것, 지금도 감사하게 생각한다.

물론 욕심이 꼭 나쁜 것만은 아니다. 더 나은 나의 모습을 만들어내는 원동력이나 동기부여가 될 수 있다. 하지만 욕심이 우리의 삶을 갉아먹어서는 안 된다. 욕심이 나의 마음을 삭막하게 하거나 나의 몸과 건강을 해치고 있는지 늘 경계해야 한다. '조금만 더'가 나를 힘들게 한다면 '지금 나의 모습도 충분히 멋지고 잘하고 있어.'라고 나 자신에게 말해 주자.

참는 자에게 복이 있다?!

김민영

훈련을 하는 김연아 선수에게 기자가 "무슨 생각 하면서 스트레칭을 하세요?"라고 물었다. 기자의 질문에 김연아 선수는 특유의 시원스러운 말투로 대답한다. "무슨 생각을 해…. 그냥 하는 거지." 이 영상은 한동안 인기를 끌며 사람들 사이에 회자되었다. 맞다. 그냥 하는 거다. 피겨 퀸도 그냥 한다. 자신에게 주어진 것을 그저 묵묵히 훈련하고 연습한다. 우리도 마찬가지다. 그게 어떤 일이든 내가 해야 하는 일이라면 이유 없이 그냥 하는 거다.

우리가 마주하는 상황, 사람, 업무 등은 우리에게 종종 문제를 던져준다. 자세히 들여다보면 이런 문제들은 개인의 문제라기보다는 사회나 시스템의 문제인 경우가 많다. 사회라는 시스템 속에 한 명의 시민, 한 마리 개미로 사는 우리에게는 사실 이런 문제에 대처할 능력이 없다. 우리는 그저 하루하루 참고 견디며 주어진 상황을 살아 낸다.

그러나 참는 것은 어렵다. 건강해지기 위해 꾸준히 운동을 하겠다고 아무리 굳은 결심을 해도, 몸이 힘든 날에는 운동을 하지 않고 침대에서 휴대전화와 뒹굴뒹굴하기 일쑤다. 누군가 나를 힘들게 할 때도 화나는 마음을 참으며 그 사람을 이해하기보다는 내 입장을 끝까지 고수한다. '이번에는 내가 참아야지.' 하는 결심은 사라지고 결국 대화 끝에는 싸움을 하고 만다. 굳은 결심 끝에 건강을 위해 다이어트를 시작해도 저녁이 되면 음식의 유혹을 참지 못하고 늦은 저녁 배달 어플을 켠다.

자려고 누웠다가 천장을 바라보면서 하루를 되돌아보며

혼자 부끄러워 할 때가 많다. 그때 조금 더 참았으면 어땠을까? 그 사람에게 그 말과 행동을 하지 않았으면 어땠을까? 하고 스스로에게 이런저런 질문을 던진다. 뒤늦게 후회해 보지만 이미 지나간 일이다.

참는 것은 똑똑한 사람보다 바보가 더 잘하지 않을까 싶다. 똑똑한 사람은 아는 것이 많으니 불합리한 상황에 대해 참는 것이 더 어려울 것이다. 나는 똑똑한 사람이 되어 참지 못하기 보다는, 그저 잘 참는 바보로 살고 싶다. 무엇이 옳고 그른지 논리로 따져서 높은 자리에 오르는 것도 좋지만 그저 먹여주고 입혀주고 재워주면 그저 좋아하는, 바보로 사는 것이 세상을 사는 지혜가 아닐까 생각한다.

환웅이 곰과 호랑이에게 쑥과 마늘만 주고 100일을 견딘 동물만이 사람이 된다고 했을 때, 똑똑한 호랑이는 동굴을 뛰쳐나갔지만 우직한 곰은 그저 견뎌 단군왕검의 어머니인 웅녀가 되었다. 웅녀가 된 곰이 승자라고 하지만 사실 호랑이의 입장도 이해가 된다. 육식동물에게 쑥과 마늘만 먹고 100일을 견디라는 건, 영물인 호랑이라고 해도 쉽지 않은 일이다. 그만큼 참고 견딘다는 것은 누구에게나 쉽지 않은 것이다. 먼저 자아가 죽어야 하고, 귀를 닫고 눈을 감으며 입을 다무는 과정이 필요하다. 매시간 매분 매초를 그저 잘 지나가 주기를 기도하며, 몸으로 시간을 견디는 자세가 필요하다.

우리 모두의 캡틴, 박지성 선수 이야기

2002 월드컵 신화의 주역, 박지성 선수는 거스 히딩크 감독과 함께 네덜란드 에인트 호반으로 이적한다. 자신이 원하던 좋은 팀으로 이적해서 잘 풀릴 거라 생각했는데, 그 후 그는 심하게 좌절한다. 득점을 하기는커녕 문화가 달랐던 팀 내 적응도 어려웠고 새롭게 발견한 부상도 치료해야 했다. 팀 동료들에게 '저 한국 선수는 왜 데리고 왔냐. 이렇게 할 거면 다시 자기 나라로 돌려보내라.'는 말을 듣기도 했다. 축구 팬들이 득점하지 못하는 자신에게 보내는 야유에도 익숙해져야 했다. 박지성 선수는 다시 원래

팀으로 돌아갈 거냐고 묻는 히딩크 감독의 말에 다시 해 보겠다고 했다. 그리고 하나씩 축구의 기본기를 다져나갔다. 아주 사소한 패스나 드리블 훈련을 성공했을 때 기회를 놓치지 않고 자기 자신을 격려했다. '거 봐, 너도 잘할 수 있잖아.', '그래 이번 패스는 아주 좋았다.'라며 천천히 슬럼프를 극복해 나갔다.

   슬럼프를 극복한 이후 박지성 선수의 뒷이야기는 우리 모두가 알고 있다. 이렇듯 참고 견디다 보면 상황이 달라지고 힘들었을 때를 말할 수 있는 때가 온다. 인고의 시간이 지나면 내가 처한 상황이 객관적으로 이해되는 동시에 현실에 대처하는 지혜가 생기고, 도움의 손길들이 나를 찾아올 것이다.

   오늘도 잘 참지 못하는 나에게 다시 한번 내게 주어진 모든 상황들을 참고 견뎌보자고 말한다. 그리고 지금 어디선가 참으면서 하루하루를 살아내는 사람들에게도 말한다. '참자, 참는 자에게 복이 있다 했으니 이 인내의 경주에서 우리 무사히 살아남아 보자.' 우리도 김연아, 박지성 선수처럼 마지막에 웃는 자가 될 수 있다.

어제 길을 가다가 문득 고개를 들어 하늘을 보았다. 눈이 부시도록 쨍-한 해님, 진한 하늘색 배경, 그리고 하얀색 뭉게구름 하나, 둘, 셋이 바람 따라 흘러가는 그리고 내 속이 훤해지는 그런 날이었다. 그런데 '나는 요즘 하늘을 본 적이 있나, 언제 이렇게 마음이 훤해져 봤나.' 곰곰이 생각해 봤더니 기억이 잘 나지 않았다. 그러다 어린 날의 내가 바라보았던 하늘의 모습이 기억났다.

내 고등학교 때 하늘은 깜깜한 밤하늘이었다. 고등학교 3학년 때, 학교 수업이 끝나면 그대로 독서실로 가서 가방을 내려놓고, 계획에 맞추어 공부했다. 국어, 수리, 영어, 법과 사회, 윤리와 정치와 같은 과목을 매일 시간을 정해서 공부했다. 그리고 밤 12시를 넘겨 독서실 버스를 타서 집 근처에 내려 깜깜한 밤하늘을 바라보며 집으로 돌아갔다. 바로 이 10분 사이의 밤하늘이 나의 고등학교 때 하늘이었다.

북두칠성을 찾아보고, 북극성도 찾아보았다. '카시오페이아는 5개의 왕관 모양의 별들이라던데 찾을 수 있을까?', '다른 별자리는 뭐가 있지?' 하고 자투리 시간에 별자리를 찾아보기도 했다. 옛날의 목동들은 양을 치다가 하늘을 보며 가까이 있는 별들을 묶어 별자리를 만들었다는 이야기를 떠올리며, 별을 이어 나만의 별자리를 만들어보았다. 또 알퐁스 도데의 『별』을 떠올리며 그 목동처럼 나를 예쁘게 봐주는 사람은 누가 될지 수줍게 상상도 해봤더랬다. 까만 밤하늘에 반짝이는 아주 작은 별을 찾는 시력검

사를 해보기도 했다. 집으로 가는 그 시간 동안 그 별들은 친구였고, 이야기였고, 즐거움 그 자체였다. 그래서 집에 가는 그 시간은 언제나 그 자리에서 나를 기다려주는 친구를 만나러 가는 즐거움이 깃든 시간이었다.

사실 가만히 올려다보기만 한 것은 아니다. 오늘의 나에게 고생했다고 위로해주는 마음으로, 이 시기가 언제쯤 지나갈지 속으로 한탄하는 마음으로 하늘을 바라보았다. 또한 언제나 하늘의 무한한 넓음과 그 안에 빛나는 별들이 나를 응원해주는 것처럼 느껴져서, 나 자신을 스스로 응원하는 마음으로 하늘을 바라보았다.

사실 이 시기에 흘러가는 시간 속에서 내가 할 수 있는 일은 공부뿐이었다. 나의 미래는 불안정하고, 지금 이 공부를 하지 않으면 미래는 실패할 것이라는 불안 때문이었다. 미래가 공부에 달렸다고 믿고 있었으니까. 또한 나의 주변 모든 사람은 고등학교 3학년인 내게 힘을 내라고 응원해주었지만, 사실 그런 응원조차도 부담스러웠다. 이런 여러 생각과 복잡함이 가득한 마음을 하늘에게 보여주고 정리하며 마음의 여유를 만들곤 했다.

하늘은 그래서 나에게 즐거움과 위로를 주는, 언제나 그 자리에 있는 존재였다. 집으로 들어가는 그 밤마다 별들을 찾고 반가운 마음을 담아 "안녕." 하고 조용히 되뇌던 나는, 그렇게 하늘에게 위로와 내일을 이어갈 힘을 받고 있었다.

요즘 나는 왜 하늘을 보지 못하고 있었을까? 그저 고개만 들면 보이는 하늘인데 말이다. 나에게는 하늘에게 잠시 눈길을 줄 아주 작은 여유조차 없었던 것 같다. 돌이켜 생각해보면 내 앞에는 해야 하는 일들이 산적해 있었다. 이런 일들을 쉽게 처리할 수 있도록 결정의 순간순간 누군가가 답을 알려주면 좋으련만 나 대신 책임져줄 사람은 없다. 모든 것을 내가 결정해서 책임을 져야 하는 어른의 삶을 살고 있기 때문일 것이다. 그러다 보니 내 앞에 커다랗게 산적해 있는 이 과제를, 매일매일 생기는 이 과제를 처리하는 데 급급해 하며 살고 있었다. 어릴 때 나는 내 미래가 불안하고 힘들어서 중간중간 하늘에 기대었다면, 지금은 그조차 생각할 여유가 없었던 것 같다.

자꾸만 잊는 것 같다. 치열하게 살아낸 고등학교 3학년 시절만큼 지금의 나도 굉장히 열심히 살고 있다는 것을 말이다. 이게 바로 마음이 꽉 차서 마음의 여유는 적어졌다는 신호가 아닐까? 그러니까 이럴 땐 잠시 마음에 여유를 챙겨 줘야 한다. 벅찬 일상 속에서 숨을 쉬며 살 수 있도록. 예전의 내가 그랬던 것처럼 가만히 하늘을 바라보며 여유를 챙길 수 있도록 말이다.

이제 나를 돌아보고, 나를 응원하고, 나를 다시 북돋아주며, 다시 삶을 살아가게 하는 강한 힘을 받는 그 하늘을 다시 찾아 바라볼 때다. 하늘을 보며 내 마음을 다시 환하게 만들어보아야겠다. 지금이 바로 하늘을 바라보며, 나를 더 칭찬해주고, 위로해주고, 사랑한다고 응원해줄 때다.

오늘 나의 하늘은 어떤 색일까? 고개를 들어 위를 보자.

정귀한

  '나는 운동을 못해.', '나는 영어를 못해.', '나는 그림 실력이 없어.', '나는 음악에 소질이 없지.'라는 말들 속에 나를 가두고 있진 않은가? 이 말들은 다른 사람의 평가로 인해 만들어진 말일 수도 있고, 나 스스로 만들어 낸 말일 수도 있다. 전자라면 가볍게 무시하면 되고, 후자라면 노력이나 생각의 전환으로 바꿀 수 있다. 중요한 건 흔들리지 않는 마음을 세우는 것이다. 그리고 나 자신에게만큼은 믿고 응원해 주는 말을 계속 속삭여야 한다.

'영어'는 항상 나에게 두려운 존재였다. 고등학교 시절, 영어를 너무 잘하는 친구들이 주변에 있었고, 겉으로 티를 내진 않았지만, 은연중에 '나는 영어를 못해.'라는 생각을 계속하고 살았던 것 같다. '영어'와 관련된 기회들이 나타날 때마다 '난 말하기에 자신이 없는데 어떻게 하지?'라는 걱정이 눈앞을 먼저 가렸다. 그러다 일단 말하기를 한번 배워보자는 생각으로 학원을 등록했다. 선생님의 친절한 가르침 아래 조금씩 영어 말하기를 연습하면서 간신히 입을 떼기 시작했다. 그리고 용기를 내어 해외 학교 근무에 지원했고, 정말 감사하게도 합격을 했다.

하지만 문제는 그다음부터였다. 세상에는 영어를 잘하는 사람들이 너무 많았다. 내 머릿속에서는 단어를 생각해 내고 문장을 만들어 내느라 바쁜데, 막상 말을 하려고 하면 그 주제는 이미 넘어간 뒤였다. 다들 발음도 좋고, 속도도 빠르고, 자꾸만 위축이 되었다. '이곳은 나와 어울리는 곳이 아니야.', '나는 실수로 뽑힌 게 아닐까.'라는 생각의 벽이 생겼다. 하지만 그해 4월, 벽을 허물었다.

'이왕 뽑혔으니 이곳에 어울리는 사람이 되자. 뽑아주신 분들이 후회하지 않으시도록 내가 그런 사람이 되는 거야.' 위축되어 있던 생각을 완전히 바꾸어서 그동안 피하기만 했던 영어회화에 충분한 시간을 투자하기로 마음먹었다. 그래서 그때부터는 단 10분씩이라도 매일 아침 영어 말하기를 연습한 후에 출근했다. 이 연습이 누적되고, 1년이 넘어가자 그다음 해에는 '선생님은 영어 잘하시잖아요.'라는 말까지 들었다. 정말 감격스러웠다. 내가 영어를 잘한다는 말을 듣다니. 그 일을 발판 삼아 나는 그 후로도 영어 공부를 지속했다. 출근길에 차 안에서도 영어를 듣고, TEPS 시험도 쳐보고, 온라인으로 영어스터디를 꾸려서 함께 공부하기도 했다. 영어에 대한 벽을 없애니 내 눈앞에 넓은 세상이 펼쳐졌다. 대학원, 영어 심화 연수 프로그램 등 도전할 수 있는 것들이 많아졌고, 만나는 사람들의 폭도 넓어졌다.

결코 넘지 못할 것 같았던 벽들을 하나씩 깨나가다 보니 '나는 무엇이든 할 수 있다.'라는 마음이 싹트기 시작했다. 누가 뭐라 한들 내가 원한다면 그냥 시작해 보는 거다. 무엇이든 처음부터 잘하는 사람은 없다. 지금 정상에 오른 사람들은 그만큼 많은 벽들을 무너트려 본 사람들이다. 내가 만든, 남이 만든 틀 속에서 살아가는 인생은 재미없다. 마음껏 시도하고 허물어진 벽 위를 기쁘게 걸어가는 우리의 모습을 상상해 본다.

지금 당장 행복해지기

무심코 거울을 본다. 아무런 표정이 없는 얼굴. 일에 지쳐 사람에 지쳐 내 입꼬리는 어느새 중력의 힘을 받아 아래로 향하고 있었다. 내 표정이 언제부터 이렇게 안 좋았지? 입꼬리를 억지로 올려 본다. 고장 난 로봇처럼 내 얼굴과 마음이 따로 논다. 힘이 다 빠져 버린 나와 다르게 얼굴은 환하게 웃고 있다. 거울 속 웃는 얼굴을 자꾸 바라보다 보니 괜스레 어제 있었던 기분 좋은 일이 떠오른다.

틈이 날 때마다 입 꼬리를 올리는 연습을 한다. 입 주변

근육을 손으로 풀어주고, 스튜어디스나 아나운서의 미소도 따라해 본다. 일정 시간 동안 카드나 볼펜을 입에 물고 있는 것도 미소 연습에 도움 된다고 한다. 처음엔 어색해도 계속 하다 보면, 표정도 풀리고 마음도 덩달아 풀린다. 유독 힘이 빠지는 날이 있다면 마음을 바꾸려 하지 말고, 표정부터 바꾸어 보는 건 어떨까? 어느새 힘든 일들을 가볍게 툭툭 털어내는 나의 모습을 발견하게 될 것이다.

이렇게 웃는 얼굴을 연습하다 보면, 나에게도 도움이 되지만 오늘 나를 만나는 모든 사람들에게도 좋은 기운을 전해준다. 출근길에 만난 경비원 아저씨, 복도에서 마주치는 동료들, 저녁 시간을 함께하는 가족들에게까지 영향을 줄 수 있다. 그저 표정만 바꾸었을 뿐인데 하루가 완전히 달라지는 경험을 한다. 화장실에서 손을 씻고 거울을 볼 때마다 엘리베이터를 탈 때마다 그냥 씩 웃어본다. 어색해서 찍지 않던 셀카를 찍어보는 것도 한 방법이다. 매일 찍어서 저장해 둔다면 한 달 후 훨씬 자연스러워진 아름다운 미소를 보게 될 것이다.

미소처럼 우리의 기분을 좋게 해주는 동시에 주변에도 긍정적인 영향을 끼칠 수 있는 방법이 또 하나 있다. 바로 '베풀기'이다. 『Give and Take』라는 책에는 세 부류의 사람들이 나온다. 조건 없이 베푸는 '기버', 이득만 챙기는 '테이커', 주는 만큼 받는 '매처'이다. 당신은 어떤 부류의 사람인가? 이 책은 우리 모두가 '기버'가 되어야 한다고 말한다. 받은 것보다 더 많은 것을 주려고 할 때 더 좋은 일들이 많이 생긴다. 어쩌면 살면서 내가 만난 행운들은 과거에 내가 뿌려 놓은 베품의 씨앗들이 모여 눈덩이처럼 불어나서 눈앞에 나타난 것일지도 모른다.

베푸는 것은 손해가 아니다. 우리의 시간과 정성을 남을 위해 더 쓴다고 해서 그것을 아깝다고 생각해서는 안 된다. 오히려 나누어 줄 수 있음에 기뻐하며 선뜻 나누어 주는 자세가 필요하다. 기분이 울적할수록, 나누어 줄 것이 없다고 생각할수록 한 발짝 용기를 내어 베풀다 보면 꽁꽁 얼어 있던 내 마음이 어느새 탁 풀린다. 가만히 상대의 이야기를 들어주는 것, 함께 시간을 보내는 것도 나눔이 될 수 있다. 이 세상은 혼자서 살아갈 수 없다. 혼자 마음의 문을 닫고 있는 다고해서 누군가 와서 그 문을 열어주지는 않는다. 내가 문을 열고 나가서 상대에게 노크를 해야 비로소 상대도 나에게 마음의 문을 활짝 여는 것이다.

　'웃는 얼굴'과 '베풀기'는 돈이 들지 않는다. 아주 적은 노력만으로도 큰 효과를 볼 수 있는 방법들이다. 당장 오늘부터 매일 실천한다면, 10년 후, 20년 후, 외모와 마음이 모두 아름답고 건강한 사람이 되어 있을 것이다. 지친 나를 위해서라도, 오늘 나를 만나는 사람들을 위해서라도 조금씩 행동을 바꾸어 본다. 작은 변화가 그 순간을 행복하게 만든다. 그리고 그 순간들이 모여 오늘을 만든다. 오늘이 행복하면 1년이 행복하고, 결국 우리의 인생이 행복해질 것이다.

수다의 힘

이유진

🙎

    수다는 주로 무의미하고 가벼운 대화를 나누는 것을 가리키는 말이다. 대화는 정보 교환과 의사소통의 주된 목적을 가진 좀 더 의미 있는 의사소통이다. 대화는 나누지만, 수다는 떤다. 수다는 대화보다 좀 격하된 느낌이다. 보통 서로 대화를 해도 친한 사이라면 곧 수다가 된다. 사람들의 수다. 귀가 따갑고 듣기도 싫은가? 듣는 입장이라면 그럴 수 있지만 내가 그 속에서 수다를 떠는 사람이라면 얘기는 또 달라진다.

수다에도 필요조건이 있는데 아이들, 배우자, 시댁이나 처가 얘기 등 여러 종류의 뒷담화일 수 있지만 절대 자랑은 안 된다. 자랑을 좀 하려면 저녁을 사든지, 커피를 사든지 해야 충분히 축하해 줄 의향이 있다. 상대방이 자랑은 안 한 것 같은데 집에 올 때쯤 기분이 나빠져 있다면 그건 분명히 자랑이었던 거다. 가끔 자랑하지 않는 척하면서 아무렇지도 않게 자랑하는 사람들이 있다. 분별할 필요가 있다. 안 좋은 얘기를 들으면 '그래도 내 사정이 좀 낫구나.' 하고 위로받게 된다. '저런 일도 있었네.' 하는 생각이 들면 저절로 마음에서부터 위로가 나온다. 그리고 나도 어렵지 않게 힘든 얘기를 꺼낼 수 있다. 서로 힘든 일에 대해 공감하고 넋두리하다 보면 조금은 상처가 치유되는 느낌이다. 그리고 힘들수록 누군가에게 털어놓으라고 말한다. 나와 수다를 떨 수 있는 상대라면 어떠한 일이더라도 비난이나 야유가 아니라 조언이나 위로를 해 줄 수 있다. 그리고 수다의 중요한 원칙, 절대 비밀을 지켜야 한다. 가끔 '너만 알고 있어.' 방법을 사용하는 사람이 있는데, 지켜줄 건 꼭 지켜주자.

우리 집의 가풍은 다른 집과는 좀 달랐다. 집안일 어디 나가서 함부로 이야기하지 말 것. 아버지의 사업이 힘들어 졌을 때도, 편찮으셨을 때도, 어디 가서 그런 얘기를 남들에게 하지 않았다. 제일 친한 친구에게조차 집안 얘기하는 것을 극도로 꺼렸었다. 어릴 때부터의 습관으로, 그 당시의 나는 누군가의 친절을 있는 그대로 받아들이지 못했다. 나의 불편한 상황을 친구들에게 잘 말하지 못했고, 누군가 해결해 줄 수 있을 거라고 생각해 본 적도 없었다. 그래서 나 또한 사람들에게 잘 베풀지 못했던 것 같다. 아니, 가족이 아닌 친구를 위해서 뭔가를 해 줄 수 있다는 것이 좀 어색했었다. 마음을 툭 터놓고 말할 수 있는 친구가 잘 없었던 것도 그 이유였을 거다. 결혼하기 전까지 내 생활이 너무 힘들어서 그랬을지도 모른다. 드라마에서나 나올 법한 일을 어릴 때 모두 경험한 나에게, 마음을 털어놓을 곳은 아무 데도 없었다.

수다에는 힘이 있다

그런데 결혼한 후에 아이가 생겼고, 아이들에 관한 얘기를 나누며 친한 언니들 혹은 직장 동료들과 함께 수다가 깊어지기 시작했다. 어느 날은 수다를 나누면서 내 스트레스가 해소된 적도 있었고, 놀랍게도 해결되지 않을 것 같았던 문제의 해답을 스스로 찾아내기도 했다. 내 안에 해답이 있었지만, 그것을 찾지 못한 채, 마음속에 담아두고 분출하지 못했던 것 같다.

우리는 수다의 힘을 우습게 여길 때가 있다. 그렇지만 수다는 심각한 문제를 해결할 수 있다. 요즘 사회에서 흔

히 발생하는 범죄들을 살펴보면, 등골이 오싹해지는 순간들이 많다. 흉기를 휘두르고 살인을 예고하고. 정말 있어서는 안 될 일들이 벌어지고 있다. 이런 사건들은 종종 조현병이나 우울증과 관련이 있는 경우가 많다. 만약 이러한 문제로 고통받는 사람에게 진정으로 공감하고 도움을 주려는 친구가 있었다면, 그런 상황에까지 이르렀을까? 친구에게 평소 고민을 얘기하고 친구의 조언을 들으며 문제를 함께 해결하려고 노력했다면, 부정적인 감정의 골이 그렇게까지 깊어지지는 않았을 것이다. 친구의 부재도 문제이지만 그 전에 더 중요한 것은 그 사람의 이야기를 들어줄 사람이 아무도 없었다는 사실이다.

대화에는 목적이 있지만, 수다에는 목적이 없다. 대화는 내가 원하는 것을 얻기 위해서, 물음에 대한 답을 얻기 위해서 한다. 반면에 수다는 어제 저녁에 무얼 먹었는지, 내일은 어떤 일을 할지, 지금 하고 싶은 일은 무엇인지, 그냥 읊조리듯 혼잣말처럼 상대에게 이야기를 할 수 있다. 수다를 듣는 사람은 그냥 맞장구를 쳐주거나, '그랬구나.' 하고 동조해 주면 된다. 누구나 그럴 수 있다고, 다 그렇다고, 지금 조금 힘든 거라고 얘기해 주기만 하면 된다. '그래도 넌 이런 좋은 면이 있잖아.' 하고 본인이 알지 못했던 다른 면을 이야기해 주면, 상대방은 문제에 대한 다른 시각을 가질 수 있다.

방 안에 고립되어 다른 사람들과 접촉하지 않는 사람들까지 생겨나고 있다. 이것이 과연 그들만의 문제일까? 자신을 스스로 고립시키는 사람들을 밖으로 끌어내기 위해서는 친구와의 허물없는 수다가 제격이다. 수다를 무시하지 마라. 수다를 통한 영향력은 한 가정을 좌지우지하고 사회 전반에 변화를 불러올 수 있는 강력한 힘을 지니고 있다. 이 세상에 어느 하나 힘들지 않은 사람은 없다. 정말 완벽해 보이는 사람들도 뭔가 문제가 하나씩은 분명히 있다. 아무 일 없는 듯 살려고 애쓸 뿐. 힘든 건 한 번 툭 털어놔 볼까? 이런 건 친구에게 말해도 될까? 나를 이상하게 생각하지는 않을까? 다른 사람 얘기라고 하면서 한 번 얘기해 볼까? 당연히 다 괜찮다. 그리고 꼭 해결책이 없어도

괜찮다. 세상 떠나가게 깔깔 웃든지 갑자기 설움이 북받쳐
서 줄줄 울든지 이미 수다 속에는 답이 있을지도 모른다.

　방관자는 사전적 의미로 어떤 일에 자신은 직접 참여하지 않은 채 곁에서 바라보기만 하는 사람을 의미한다. 사전적 의미로만 본다면, 방관자는 누군가가 위험에 빠지거나 잘못된 길을 향할 때도 손을 내밀지 않고 지켜만 보는 경우로 부정적인 의미를 내포하고 있다. 학교에서도 학교폭력 예방 교육 시, 학교폭력은 가해자, 피해자뿐만 아니라 폭력이 일어나는 과정을 지켜보거나 개입하지 않은 방관자 역시 문제가 된다고 가르치곤 한다.

사회가 점점 개인주의적이고 치열한 경쟁 사회로 변화하면서, 사람들은 주변 사람들에게 무관심해지고 어려운 상황에서 손을 내밀지 않는 방관자로 변해가고 있다. "나와 상관없는 일이며, 누군가 도와줄 것이다."라는 생각으로 방관자가 된다. 이러한 방관자 태도로 더 큰 문제와 손해를 입는 경우가 생겨 사회 문제가 되기도 한다. 위험에 처한 사람을 외면한 방관자에게 법적 제재가 가해지지는 않지만, 도덕적 양심과 사회적 책임감이 부족하다는 비난을 피할 수 없다. 많은 사람들이 방관자가 되어가는 사회를 변화시키기 위해서는 교육을 통한 인식 변화가 이루어져야 한다는 것에 동의한다. 사회는 혼자서 살 수 없으며, 언젠가는 누군가의 도움이 필요한 순간이 올 수 있으므로 인식의 변화가 필요하다는 것에는 이의를 제기할 사람이 없을 것이다.

　그러나 우리는 주변에서 일어나는 상황에 방관자의 태도를 취할 때가 많다. 이론적으로나 도덕적으로 주변에서 벌어지는 상황에 용기를 내어 개입해야 건전한 사회를 만들 수 있다고 생각한다. 하지만 직접 내가 그 상황에 처하게 되면 쉽게 용기가 생기지 않는다. 이러한 행동이 무관심하고 비도덕적이라고 비난을 받아야 하는 것일까?

불과 몇 년 전까지만 해도, 도움이 필요한 사람을 돕기 위해 관심을 가지고 개입하는 것은 당연한 일로 여겼다. 그러나 요즘은 뉴스를 통해 용기 있는 행동이 불이익을 당하거나 끔찍한 사건에 연루되는 기사를 자주 접하게 된다. 싸움을 말리는 친구가 흉기로 공격당한 사건, 담배 피우는 청소년을 훈계했다가 보복 또는 폭행당했다는 기사, 조직 내의 부조리에 용기 내어 고발한 내부 고발자가 당한 부당한 해고에 관한 기사 등은 잊을 만하면 등장한다. 이런 사건을 접할 때마다 나의 관심과 용기가 나뿐만 아니라 내 가족의 안전마저 위협할까 봐 걱정이 앞선다.

이런 현실에서 어른으로서 용기와 관심을 가지고 도움이 필요한 사람에게 다가갈 수 있을지 의문이 든다. 사실 많은 무서운 뉴스 기사를 보고 난 후에는 놀이터에서 담배를 피우는 청소년을 보고도 애써, 모르는 척 지나칠 때가 많았다. 한 번은 밤에 공원에서 운동을 하던 중 멀리서 한 남학생의 비명이 계속 들렸다. 그 소리가 운동을 하면서 내는 소리인지 아니면 상상조차 하기 싫은 폭행을 당하고 있는 건지 분간이 가지 않았다. 그때 소리가 들리는 쪽으로 가 봐야겠다는 마음과 그곳에 갔다가 아무 상관없는 일에 휘말릴지도 모른다는 그런 걱정이 함께 공존하였다. 결국 무서운 마음이 더 커서 그냥 발길을 돌렸다. 그런데 그날 저녁 내내 신경이 쓰이고 마음이 편하지 않았다.

흔히 사람들은 말한다. "괜히 나섰다간 오히려 봉변을 당할 수도 있으니 모르는 척 가만히 있는 것이 낫다." 이런 말을 하는 사람들을 우리는 방관자라고 비난해야 할까? 사람들이 이런 말을 하는 것은 종종 우리 사회에서 겪는 안전 문제와 관련이 있다. 부모님들은 자녀들에게 길을 가다가 낯선 사람을 도우려 하거나 누군가에게 도움을 청하는 상황에서 주의를 하라고 가르친다. 이러한 가르침은 부모님들의 염려와 사회 안전에 대한 무서움을 반영한 것이다. 부모님들이 아이들의 안전을 위해 이런 태도를 취하는 것이 비교적 현실적이라 어느 정도 공감이 간다.

> 우리가 방관자가 될 수밖에 없는 이유는
> 개인의 무관심이나 이기심 때문이 아니다.

우리가 방관자가 되는 이유는 무관심 때문이 아니라 용기 있는 행동으로 인해 발생할 수 있는 위험 때문이다. 이러한 위험은 사회 구조와 안전 문제의 연관성에 근거한다. 예를 들면 어떤 일에 개입했을 때 개입자의 안전과 권리를 보호받지 못하는 경우, 직장에서 부당한 대우에 대한 고발이 고발자의 고용과 경제적 안전을 위협하는 경우 등을 들 수 있다. 용기 있는 목소리와 행동이 그 행동을 한 사람의 안전을 보장해 주지 못하는 사회 구조로 인해 타인을 도우려는 행동을 주저하게 만들고 있다. 그리고 이러한 위험의 결과가 가족에게까지 연결된다면, 마음 찝찝한 방관자가 오히려 낫지 않을까 하는 생각이 든다.

만약 사회가 더 안전하고 지원하는 구조를 제공한다면, 사람들은 도움을 주고받는 것을 두려워하지 않을 것이다. 누군가의 부당한 상황을 보거나, 잘못된 것을 바로잡으려는 용기 있는 시도가 최소한의 안전을 보장해 주어야 한다. 하지만 그렇지 못한 사회 구조에서 이러한 도전은 무모한 오지랖이 된다. 따라서 개인의 행동을 비난하는 것이 아니라 주변에서 일어나는 사건에 관심을 갖고 용기 있는 목소리를 낼 수 있는 사회 구조 개선과 안전 환경 조성에 초점을 맞추어야 한다.

　　어려운 상황에서 도움이 필요한 사람을 만났을 때, 나의 안전이 먼저 걱정이 되어 도와주어야 하는지, 가만히 있어야 하는지를 고민하지 않고 나서서 도와주거나 용기 있는 목소리를 낼 수 있는 세상이 되었으면 한다. 이런 세상을 통해 우리 아이들도 방관자가 아닌, 도움이 필요한 곳으로 몸이 먼저 반응하는 사람으로 자라날 수 있도록 교육하고 싶다.

　내 마음은 참 간사하다. 내 마음의 방향이 어디로 흐르는지 그 흐름의 방향을 잠시 놓치면 어느새 감정의 악한 본성을 따라가곤 한다. 흔히들 하는 말로 '잘되면 내 탓, 안 되면 네 탓'이란 말이 있다. 나는 배구를 좋아해서 자주하는데 경기에 임하다 보면, 이런 마음이 올라오는 게 한두 번이 아니다. 우리 팀이 이기고 있을 때는 괜찮다. 기분이 좋아서 '내 탓'뿐만 아니라 칭찬의 '남 탓'도 참 잘한다. 문제는 경기에서 지고 있을 때다. 마음이 좋지 않기에 조금만 방심하면 생각이 안 좋은 길로 틀어진다. 지고 있는 원인을 빠르게 찾아내기 시작한다. 특히나 내가 잘못한 게 크게 없다는 생각이 들 때 더욱 그렇다. 한결같이 이기고 있을 때처럼 좋은 마음을 유지하면 좋으련만, 지고 있을 때마다 그렇지 못하는 참 간사한 마음이다. 경험이 쌓이다 보니 이제는 이런 마음보다는 실수에, '괜찮아.'라는 말이 먼저 나오기 시작하니, 이 점은 다행이라고 생각한다.

나의 이런 간사한 마음을 전문 용어로 '베네펙턴스 현상(beneffectance)'이라고 부른다. 우리의 뇌가 항상 진실만을 추구하는 것은 아니다. 사실을 있는 그대로 받아들이기보다는 자신에게 유리하도록 왜곡하려는 태도를 지녔다. 순간 방심하여 의식의 흐름을 무의식에게 넘겨주면, 뇌가 왜곡하는 작업을 자동으로 수행한다. 어쩌면 간사한 마음은 왜곡된 뇌가 나를 방어하기 위한 행동하는 것 일지도 모른다. 그런데 점차 이런 마음이 올라오기보다는 '괜찮아.'라는 생각이 나오는 것을 보면 '무의식이 뇌의 왜곡을 거절한 것은 아닐까?' 하고 생각한다.

아들 덕분에

아버지는 '덕분에'라는 말을 종종 사용한다. 나는 완도에 근무하여 본가가 있는 광주에는 한 달에 한 번 혹은 두 번 정도 간다. 광주에 갈 때면 오랜만에 온 나를 환영하며 맛있는 걸 먹으러 간다. 그리고 식사를 마치고 나오면 항상 이렇게 이야기하신다. "아들 덕분에 맛있는 거 먹었네." 계산도 당신께서 하셨기에 머쓱하기만 하다. 내가 얻어먹는 입장이지만, 그래도 그 말이 썩 반갑게 다가온다. 나야말로 '덕분에'지만, 괜스레 '내 덕분이기도 하지.'라는 염치없는 생각도 찾아온다.

무의식이 뇌의 왜곡을 거절한 까닭을 생각해 보았다. 아버지의 영향으로 어느 순간 '덕분에'라는 말을 사용하는 빈도수가 늘어났다. 그런 모습을 보니 '덕분에'라는 말 덕분에 무의식이 성장했다고 이야기해야만 할 것 같다. '덕분에'는 한자어다. '덕 덕—德'과 '나눌 분—分'이 합쳐진 단어다. 국어사전의 뜻을 빌려오면 '베풀어 준 은혜나 도움'을 뜻하며, 한자어 그대로를 풀어보면 '덕을 나눈다.'라고 볼 수 있겠다. 즉, 덕분에는 당신의 덕(도움)이 나에게 나눠진 결과입니다. 말 자체가 '남 탓'이다. 하지만 너무나 착한 '남 탓'이다.

때문에보다는 덕분에!

'덕분에'의 반대어는 '때문에'라고 생각한다. 물론, '때문에' 자체의 의미는 '어떤 일이 일어난 원인이나 까닭'이다. '때문에'라는 말에게는 미안한 말이지만, 너(때문에)는 부정의 의미와 잘 어울린다. 네이버 국어사전을 보면 가장 먼저 나오는 예문으로 '그는 빚 때문에 고생했다.'가 나온다. 이 예문에서 쓰이는 것처럼 부정적인 맥락과 친한 면이 있다. '남 탓'을 할 때도 보면 항상 '때문에'를 찾는다. 너 때문에. ○○이 때문에.

우리는 종종 이 '때문에'를 활용하여 말하곤 한다. 내가 배구 경기에서 상황이 안 좋을 때 '때문에'를 찾는 것처럼 상황이 무언가 잘 안 풀릴 때면, 이 말을 더욱 쉬이 찾는다. 그런데 이 말과 함께 부정적인 마음이 생기고, 이 말을 뱉는 순간 상황은 더욱 부정적으로 변한다. '덕분에'를 이야기했다면 분위기가 조금은 더 나았으리라.

최근에 "덕분에 행복합니다."라는 말을 전해 들었다. 이 말이 나에게 왔을 때 정말 기뻤다. '덕분에'는 듣는 이에게 행복을 전하는 말이다. 하지만 우리는 종종 '때문에'를 찾는다. '때문에'를 떠올리게 하는 뇌가 잘못한 일은 아니다. 뇌가 나를 보호해주려고 무의식적으로 왜곡하는 것을 어찌 뭐라고 할 수 있겠는가. 뇌에게 '덕분에'를 가르치면 좋겠다. 우리 뇌가 '덕분에'를 배우면 '때문에'보다 '덕분에'를

먼저 떠올리게 되지 않을까? 그렇게 한다면 안 좋은 상황도 더 잘 해결될 것이다.

독자님들 덕분에 이 글을 써 내려갈 수 있었다. 이 글을 빌려 독자님들에게 감사의 인사를 전한다.

에필로그

 이 책은 우연한 만남으로 시작됐다. 교사라는 공통점이 있기는 하지만 교사이기 전에 하루를 열심히 살아가는 한 명의 사람이었다. 하루를 조금 더 행복하게 알차게 만들고 싶은 마음이 우리를 모이게 했다. 그리고 우리가 써 내려간 글은 서로에게 위안이 됐다. 그 위안을 여러분에게도 전해주고 싶다. 당신의 하루에 조그마한 위로와 응원을 주고 싶은 마음을 글에 담았다.

 오늘도 지극히 평범한 하루가 지나간다. 나의 눈으로 바라보는 나의 삶은 그 누구보다 평범하다. 보통의 나와 보통의 하루가 끊임없이 만나 보통의 인생을 꾸준히 살아가게 했다. 글로 나를 돌아보기 전까지는 그랬다. 글을 쓰며 새롭게 바라본 '나'는 그 누구보다 치열하게 평범한 하루를 살아가고 있었다. 그저 몰랐을 뿐이다. 내가 어떻게, 어떤 마음으로 살아가고 있는지 말이다. 당신의 하루도 자세히 살펴보면 보이지 않는 당신의 노력이 여기저기 묻어나 있을 것이다. 우리의 평범한 이야기가 당신에게 응원으로 다가갈 수 있는 이유는 여기에 있다. 사실 그 누구보다 열심히 살아가고 있는 우리였고 당신이었기 때문이다.

혹여나 우리가 특별해 보인다면 그것은 당신이 우리의 행복을 발견했기 때문이다. 우리를 특별해 보이게 하는 그 무언가는, 단지 글로 우리의 평범함을 솔직하게 털어놓은 것에 있다. 솔직한 이야기이기에 행복해 보이는 것이다. 우리가 당신의 삶을 써 내려간 글을 본다면 우리 또한 당신의 삶에서 특별함을 찾을 것이다. 당신의 행복을 발견할 것이다.

이 책 속의 이야기는 비단 우리만의 이야기가 아니다.

평범한 하루를 열심히 그리고 치열하게 살아가고 있는 모든 이의 이야기다. 우리의 하루가 당신의 친구, 이웃, 가족의 이야기처럼 친근하게 다가갈 수 있기를 바란다. 그렇게 당신 주변의 이야기로 남아 당신의 하루에 조그마한 보탬이 될 수 있기를 바란다.

당신은 잘 살아왔고, 잘 살고 있고, 잘 살 것이다. 얼굴도 모르고 이름도 모르지만 우리는 안다. 당신 또한 그 누구보다 하루를 살아가기 위해 노력하고 있음을. 언제든 이 책을 펼칠 때마다 우리의 평범한 하루가 위로와 응원이 되어, 당신이 멋지게 하루를 살아내고 있음을 떠올리게 하길 바란다.

당신도, 우리도, 잘하고 있다.

평범한 하루에 감사하는
정현호